WERWOLF
PRIVATDETEKTIVIN

SARA FLORES, WEREWOLF-PRIVATDETEKTIVIN

SUE DENVER

SARA FLORES' WELT

- Saras Welt ist unsere alltägliche, normale Welt.
- Niemand glaubt an Werwölfe, Vampire oder irgendetwas Übernatürliches.
- Sara wurde von ihrem ehemaligen Nachbarn Joe White Wolf in einen Werwolf verwandelt – kurz bevor er starb.
- Sara denkt, sie sei der einzige Werwolf auf der Erde, aber sie hofft (oder fürchtet), dass sie sich irrt.
- Die Ältesten der Lupiti erinnern sich daran, wie ihre Großväter davon erzählten, den alten Joe White Wolf bei Stammeszeremonien in einen Wolf verwandelt gesehen zu haben – weit zurück in den späten 1800er-Jahren.
- Das sagt Sara, dass sie möglicherweise ein sehr, sehr langes Leben haben könnte – wenn ihr neuer Lebensstil sie nicht umbringt.

1

Lillian Knudsen schüttelte noch eine Hand und schenkte noch ein abgelenktes Lächeln. Das Gummihühnchen-Mittagessen der Handelskammer von Tulsa lag ihr schwer im Magen – ein Rülpser ließ sie es erneut schmecken. Sie tätschelte ihr rotes Haar, um sicherzugehen, dass es nicht aus dem Business-Dutt fiel, den sie bei solchen Veranstaltungen immer trug – viel umständlicher als normal.

Sie hatte sich mit den Caskcuts unterhalten, die mit ihr am Tisch saßen. Sie hatten den Eisenwarenladen in der Innenstadt gekauft und hofften, mehr darüber zu erfahren, wie man in Tulsa, Oklahoma, Geschäfte macht.

Sie hatte ihre Runde gemacht und alle anderen begrüßt.

Am liebsten wollte sie nur noch zu ihrem Jeep, nach Hause fahren und umfallen. Außer... sie hatte Angst zu schlafen. Angst, dass die Träume wiederkommen würden. So wie in den letzten zwei Wochen.

Vor vierzehn Jahren hatte eine Bombe den Lastwagen in die Luft gejagt, den sie im Irak fuhr – und mit ihm ihren linken Fuß. Fünf Jahre lang verfolgten sie Albträume davon. Sie wachte schweißgebadet auf, das Herz raste.

Bo Knudsen war all die Jahre an ihrer Seite gewesen – erst im

Krankenhaus, dann in der Ehe und schließlich als ihr Partner im Schießstand-Geschäft. Als der Krebs ihn vor zwei Jahren holte, wusste sie nicht, wie sie weitermachen sollte. Nur dass die Anforderungen des Geschäfts sie davon abhielten, in das Loch zu kriechen, in dem sie sich am liebsten verkrochen hätte.

Die Liebe zu Bo – und das Leben, das sie aufgebaut hatten – hatten die Albträume vor so langer Zeit verschwinden lassen, dass sie aufgehört hatte, darüber nachzudenken.

Vor zwei Wochen kamen sie zurück. Deshalb sehnte sie sich um 13:30 Uhr nach Schlaf.

Eine Hand packte ihre Schulter. Lillian zuckte zusammen.

„Du meine Güte", sagte Betty Sue Franken, ihre Helmfrisur wie immer wunderschön gestylt und wahrscheinlich hart wie ein Fels. „Ich wollte dich nicht erschrecken."

Lillian verzog das Gesicht.

„Ich wollte nur sagen, dass es immer schön ist, dich zu sehen. Wir Geschäftsfrauen müssen zusammenhalten, weißt du." Betty Sue zwinkerte ihr tatsächlich zu und klopfte ihr auf die Schulter. Sie drehte sich um, um jemand anderen zu begrüßen, bevor Lillian überhaupt antworten konnte. Auch gut so.

Lillian entdeckte Warren Caddel, den Besitzer des Waffengeschäfts Sharp Shooters, auf der anderen Seite des Raums. Sie wandte sich ab. Der lästige Mann versuchte, halb Tulsa aufzukaufen.

Sie hätte heute nicht kommen sollen. Normalerweise mochte sie solche Veranstaltungen. Es machte Spaß, die Geschäftsfrau in der Stadt zu spielen – eine Rolle, die sie sich nie für sich vorgestellt hatte. Sie hatte immer gedacht, sie würde Krankenschwester werden – bis die Krankenhäuser im Golfkrieg ihre Meinung änderten.

Lillian hatte heute ihre linke Beinprothese angepasst, um niedrige Absätze zu ihrem besten Geschäftsanzug tragen zu können. Aber sie war in Eile gewesen und hatte sie offenbar nicht perfekt eingestellt – ihr linkes Bein war für einen etwas höheren Absatz geneigt, als ihr Schuh hatte.

Es war frustrierend, wie der kleinste Unterschied das Gehen unnatürlich anfühlen lassen konnte.

Sie winkte den anderen zum Abschied zu und fuhr dann mit dem Aufzug der Garage eine Etage nach oben. Sie ging auf ihren knallroten Jeep Wrangler Hardtop zu, der etwa 20 Autos entfernt geparkt war.

Sie verzog das Gesicht, als sie die zwei Wochen alte eingedrückte Motorhaube sah, die sie noch nicht hatte reparieren lassen. Es sah aus, als hätte jemand mit einem Baseballschläger darauf eingeschlagen, aber warum? Es ergab keinen Sinn.

Hinter ihr heulte ein Automotor auf, also ging sie näher an die Autos zu ihrer Linken heran, um dem Fahrer mehr Platz zum Vorbeifahren zu geben.

Etwas traf ihr gutes rechtes Bein und ließ es einknicken. Ihr Körper flog nach vorne und knallte gegen einen blauen Chevy, wobei ihr Kopf auf den Kofferraum prallte.

Benommen rutschte sie auf den schmutzigen Betonboden.

Was zum Teufel?

Wer?

Lillian sah sich um. Sie lag auf dem Boden, den Kopf an die Rückseite des Chevys gelehnt.

Reifen quietschten, also streckte sie den Kopf heraus und schaute. Ein rotes Rücklicht bog um die ferne Ecke und raste auf den Ausgang zu.

Weg.

Lillian sah Blut auf ihren Knien, ihre Strumpfhose war in Fetzen gerissen. Sie starrte sie ausdruckslos an.

Plötzlich sackte ihr der Magen ab. Sie flog durch die Luft, weg von Bomben, hörte das Stakkato von Gewehrschüssen, die M14s, die das Feuer erwiderten. Es gab Schreie. Schreckliche Schreie. Der Gestank von Rauch war überall. Ihre Seidenbluse war klatschnass und ihr Herz raste hysterisch.

Sie bedeckte ihren Kopf und ihre Ohren mit den Händen und Armen und zog den Kopf zu den Knien.

„Nicht dort. Nicht dort. Ich bin nicht dort." Sie sagte es immer wieder, wie der Therapeut der Veteranenbehörde es ihr vorgeschlagen hatte.

Sie wusste nicht, wie lange sie so auf dem schmutzigen Betonboden saß, die Arme über dem Kopf.

Das Nächste, was sie wahrnahm, war das Klingeln des Garagenaufzugs. Jemand stieg aus. Sie schüttelte den Kopf und versuchte aufzustehen. Ihr rechtes Bein schmerzte, aber es konnte sie tragen. Die Prothese war nicht beschädigt.

Lillian klopfte ihre Beine und ihren Rock ab und ging den Rest des Weges zu ihrem Jeep. Sie drückte auf die Fernbedienung des Jeeps, stieg ein und schnallte sich an. Sie saß da und atmete tief durch, um ihren Herzschlag zu beruhigen.

Eine Waffe! Sie brauchte eine Waffe, um sich zu schützen!

Erst da spürte sie die Springfield Armory 911, die sie am Rücken im Holster trug. Sie saß einfach da. Immer noch im Holster.

Wütend auf sich selbst beugte sie sich vor und zog sie heraus. Sie starrte darauf und schüttelte den Kopf. Was brachte es, bewaffnet herumzulaufen, wenn man vergaß, dass man sie dabei hatte, wenn man sie brauchte? Bo wäre enttäuscht von ihr gewesen. *Sie* war enttäuscht von sich selbst.

Sie legte die Waffe neben sich auf den Sitz. Nach weiteren tiefen Atemzügen überprüfte sie sorgfältig den Rückspiegel und die Rückfahrkamera.

Als Lillian aus der Garage kam, sah sie sich überall um, aber kein Auto stand mit laufendem Motor da und wartete auf sie. Die ganze Fahrt über war sie angespannt. Autos, die ihr entgegenkamen, ließen ihre Hände verkrampfen - sie erwartete, dass sie auf sie zukommen würden. Sie hatte Angst vor Autos, die von hinten kamen. Sie zuckte zusammen, wenn Autos an ihr vorbeifuhren, und erwartete, dass sie das Lenkrad in ihre Richtung rissen.

Sie hätte fast vor Erleichterung geweint, als sie endlich ihr tröstliches rotes Backsteinhaus mit dem breiten grünen Rasen und den grünen Pflanzen am Fundament erblickte. Das Grün beruhigte sie immer und erinnerte sie daran, dass sie, obwohl die Temperaturen hier in Tulsa über 38 Grad steigen konnten, ganz sicher nicht mehr in diesem Höllenloch der irakischen Wüste war.

Die Fernbedienung öffnete das Garagentor und hieß sie wieder im Schoß willkommen. Ein Zufluchtsort. Der Ort, den Bo für sie gekauft hatte. Ein Stockwerk, damit sie sich nie mit Treppen herumschlagen musste. Ein Pool im Garten, auf den er so stolz war. Den sie aber in den zwei Jahren seit seinem Tod nicht benutzt hatte.

Lillian stieg aus dem Auto und ertappte sich dabei, wie sie – wieder einmal – auf die Delle auf ihrer Motorhaube starrte. Ihr Frieden verflog. Übelkeit stieg in ihrer Kehle auf.

Entschlossen wandte sie sich davon ab und betrat mit gezogener Waffe ihr eigenes Haus, als wäre es feindliches Gebiet. Sie ging sorgfältig hindurch, überprüfte alle Türen und Fenster. Schaute unter Betten und in Schränke. Stellte die Alarmanlage für die Nacht scharf.

Zufrieden, dass sie – vorerst – sicher war, setzte sie sich in Bos großen Sessel. Paws, die schwarze Straßenkatze mit weißen Pfoten, die Bo adoptiert hatte, sprang ihr auf den Schoß und fing an zu schnurren. Sie streichelte die Katze, und endlich, endlich verlangsamte sich ihr Herzschlag wieder.

In dieser Nacht schlief sie wie ein Stein. Sie war sich nicht sicher, ob es körperliche oder geistige Erschöpfung war, aber eine volle Nacht Schlaf tat Wunder. Sie ging zur Arbeit und fühlte sich ausnahmsweise mal positiv.

Vielleicht hatte sie die Wende geschafft?

Aber... Lillian zuckte bei Geräuschen zusammen. Sie tastete zwanghaft nach ihrer Waffe am Rücken. Sie fühlte sich wieder wie ihr 22-jähriges Ich – vor allem Angst habend. Verletzlich.

Sie hatte keine Wende geschafft.

Um 16:30 Uhr an diesem Nachmittag gab Lillian auf. Ihr Problem würde nicht einfach verschwinden. Jemand hatte – wahrscheinlich – ihr Auto mit einem Baseballschläger getroffen. Gestern war jemand mit dem Auto in sie hineingefahren. Sie brauchte einen Profi, um herauszufinden, was zum Teufel hier los war. Und um es zu beheben.

2

Sara Flores mochte den Schießstand von BK. Wenn man eine Schusswaffe tragen musste und Sara musste das –, dann musste man auch üben. Sie hatte andere örtliche Indoor-Schießstände ausprobiert, kam aber immer mit schwarzem Bleistaub bedeckt zurück – was bedeutete, dass sie ihn auch einatmete. Sie wollte und brauchte wirklich nichts, was sie noch dümmer machen könnte, als sie es manchmal schon war.

Bei BK's Schießstand schoss man nur mit BK's Munition, die bleifreie Zünder und Kupfergeschosse hatte. Saubere Luft.

Sara mochte ihre Pistolenbox Nummer vier - die größtenteils von den anderen Boxen verdeckt war. Versteckt zu sein war wichtig, weil Saras Reflexe besser als menschlich waren. Merklich besser.

Es machte keinen Spaß, zweimal pro Woche herzukommen, nur um mit allen 60 Schuss ins Schwarze zu treffen. Ihre Sehkraft war normal, aber ihre Muskeln hielten ihre Hand unnatürlich ruhig.

Andere wären vielleicht zufrieden damit, so gut zu schießen, aber Sara war es nicht. Sie machte sich Sorgen, dass sie besser sein musste.

Es war eineinhalb Jahre her, seit sie von einem Lupiti-Schamanen, der dann auf ihr starb, zum Werwolf gemacht wurde. In dieser Zeit hatte Sara sieben Rettungsmissionen durchgeführt - jede, um einem Unschuldigen zu helfen, der von jemandem Bösem ins

Visier genommen worden war, der dachte, er könne sie benutzen oder töten, ohne Konsequenzen.

Sie war bei jeder dieser Missionen erfolgreich gewesen - aber Glück spielte eine größere Rolle, als ihr lieb war. Sara machte sich immer noch Sorgen, dass sie nicht gut genug war. Sie hatte keine Spezialausbildung. Keine Kampfkünste.

Kürzlich hatte sie ihre Privatdetektiv-Lizenz für Oklahoma erworben, aber was bedeutete das schon wirklich? Es erforderte nur 55 Stunden Training und das Bestehen eines Tests. Voilà! - jetzt war sie Privatdetektivin. Sie fühlte sich, als hätte sie eines dieser Diplome per Fernstudium erworben, die im Internet verkauft werden.

Also kam Sara zweimal pro Woche zu BK's - und versuchte, besser zu werden. Sie übte besonders gern, ihre Pistole aus den verschiedenen verdeckten Holstern zu ziehen: erst von vorne, dann von hinten – zuerst mit der rechten, dann mit der linken Hand. Das machte 40 Schüsse. Danach war ihr Korsettholster an der Reihe, das direkt unter ihren Brüsten saß. Zehn Schüsse mit der rechten Hand, dann zehn mit der linken – so schnell sie konnte.

Sara drückte den Knopf, um die Zielscheibe zu ihr zurückzubringen.

Heute war sie nicht perfekt. Zur Abwechslung hatte sie versucht, aus einer anderen Ausgangsposition zu schießen. Sie hatte sich um 90 Grad vom Ziel weggedreht – so weit, dass sie es gerade noch in ihrem peripheren Sichtfeld behalten konnte. Die meisten ihrer Schüsse trafen nicht mehr genau die Mitte, und zwei verfehlten das Schwarze nur knapp. Etwas, woran sie beim nächsten Mal arbeiten musste.

Sara packte zusammen und verließ die Box.

Sie ging gerade am Empfangstresen vorbei, als Lillian Knudsen, die Besitzerin, ihren Namen rief. Lillian war eine konservative Frau mit langen roten Haaren, die im Nacken zu der Art von Pferdeschwanz zusammengebunden waren, den Frauen trugen, wenn sie nicht mehr in ihren 20ern waren. Nicht hoch oben wie bei einem echten Pony.

Man sagte, Lillian und ihr Mann hätten diesen Schießstand eröffnet, als sie gemeinsam aus dem Irak zurückkehrten. In den letzten zwei Jahren führte Lillian ihn alleine. Sara mochte ihr ruhiges Selbstvertrauen im Umgang mit den gelegentlichen Waffennarren, die darauf bestanden, ihre eigene Munition zu benutzen.

Lillian hielt Sara ein gefaltetes Papier entgegen. „Du hast das auf dem Tresen liegen lassen, als du bezahlt hast", sagte sie und sah Sara eindringlich - seltsam - an.

„Oh", sagte Sara. Sie ging zum Tresen und nahm das Papier. Es sah aus wie eine der Zahlungsquittungen, die bei BK's Schießstand ausgegeben wurden. „Danke."

Lillian sah sofort nach unten, als ob sie arbeiten würde. Sara verstand den Wink und ging zur Tür hinaus, wobei sie das Papier in ihre Handtasche steckte.

Sie wollte nicht den ganzen Weg nach Hause fahren, bevor sie es las, also hielt sie ihren Ford F-150 an dem leuchtend roten „Canes"-Schild an und reihte sich in die Drive-Through-Schlange von Raising Canes Chicken Fingers ein. Sie bestellte ihr übliches Three Finger Combo mit ungesüßtem Tee für ein frühes Abendessen. Sie parkte rückwärts in eine Parklücke, von wo aus sie jeden sehen konnte, und machte sich ans Essen. Zwischen den Bissen öffnete sie das Papier von Lillian.

Es stand dort: „Ich habe gehört, du bist eine neue Privatdetektivin. Ruf mich unter dieser Nummer an und sag mir, wo wir uns sicher treffen können, weit weg von hier. Wenn möglich jetzt. Dringend."

Saras Augenbrauen hoben sich. Das war unerwartet.

Sie hatte ihre Privatdetektiv-Lizenz hauptsächlich erworben, um den Cops eine Erklärung zu geben, falls sie sie in der Nähe von Leichen fanden, wie es in der Vergangenheit passiert war. Leichen, die sie zum Tode gebracht hatte. Sie hatte nie geplant, daraus ein Geschäft zu machen. Ihr Name stand nicht an ihrer Bürotür, und sie hatte keinen Telefonbucheintrag.

Aber diese Notiz war ein Hilferuf. Von jemandem, den Sara mochte und bewunderte. Sie konnte es nicht ignorieren und die Frau hängen lassen. Sie musste zumindest herausfinden, worum es ging.

Sara beendete ihr Essen, leckte die „Spezialsoße" von ihren Fingern und stopfte die Reste in die Tüte.

Sie zog ihr Handy heraus und suchte nach BK's Schießstand. In der Auflistung stand, dass sie um 18 Uhr schlossen. Ihre Uhr zeigte 17:30 Uhr.

Die auf dem Zettel angegebene Telefonnummer war anders als die Hauptnummer. War es Lillians persönliches Telefon? Machte sie sich Sorgen, dass ihr Arbeitstelefon abgehört wurde? Aber wenn das stimmte, würde dann nicht auch ihr Handy abgehört werden?

Wie sollte sie...?

Sara nickte bei dem Gedanken. Ein persönliches Handy wird für Freunde benutzt.

Sie rief an.

Lillian antwortete: „Ja?"

„Mädchen, ich hab heute was zu *feiern*!", sagte Sara mit aufgeregter Stimme. „Kannst du zum Essen wegkommen? Ich lade dich ein!"

Es gab eine Pause in der Leitung. Dann sagte Lillian: „Klar. Wann und wo?"

„Ich denke an das tolle Hausmannskost-Restaurant in der West 4th Street. Wann kannst du es schaffen?"

„Ich könnte gegen 18.30 Uhr da sein."

„Klingt super! Du wirst meine Neuigkeiten nicht glauben! Bis dann!"

Sara legte auf.

3

Sara hatte den Standort ihres Büros sorgfältig ausgewählt. Es befand sich in der Innenstadt, wo zu verschiedenen Zeiten viele Menschen unterwegs waren. Es war in einem Gebäude, in dem sich auch eine Reinigung, eine Anwaltskanzlei und eine Gruppe von Audiologen befanden. Jeder konnte einen guten Grund haben, das Gebäude zu betreten.

Ein weiterer Vorteil - der Hintereingang des Gebäudes lag gegenüber dem Hintereingang des Hausmannskost-Restaurant. Man konnte dort essen und durch die Hintertür in die Gasse schlüpfen und direkt in den Hintereingang ihres Gebäudes gelangen.

Sie hielt dort eine kleine Auswahl an Kleidung, Perücken und Schuhen bereit - tatsächlich Identitätswechsel. Da sie nicht plante, Kunden zu empfangen, hatte sie einen abgenutzten Schreibtisch und drei Stühle von der Heilsarmee hineingestellt. Falls sie ein paar Stunden dort verbringen musste.

Es hatte sein eigenes Bad.

Weil Lillian kommen würde, wollte sie den Ort nach Wanzen absuchen. Sara delegierte alle technischen Dinge an ihren Tech-Guru, Mason Spencer. Leider lebte der Mann in Pennsylvania - was bedeutete, dass er ihr zwar die Werkzeuge gab, aber sie die körperliche Arbeit selbst erledigen musste.

Nach Masons Anweisungen führte sie zunächst eine visuelle Überprüfung mit bloßem Auge durch, gefolgt von einem Hochfrequenz-Scan mit einem Gerät, das auch Mikrowellenübertragungen erfasste. Anschließend suchte sie mit einem weiteren Scanner nach Infrarot- und sichtbaren Lichtemittern.

Das alles war so viel, dass Sara beschloss, Mason anzuflehen, herzufliegen und im Büro eine Sicherheitsanlage zu installieren – eine, die mit der in ihrem Haus vergleichbar war. Dann könnte niemand unbemerkt eindringen und all diese hypothetischen Wanzen platzieren. Und falls es doch jemandem gelänge, könnte sie genau sehen, wer es war und was er tat.

Sara beendete die Scans, ohne etwas zu finden. Sie schaute auf ihre Uhr. Es war Zeit, zum Restaurant zu gehen.

Sie schaute in den Badezimmerspiegel und lächelte. Nicht schlecht. Sie war Mitte dreißig, 1,68 m groß und konnte dank ihres neuen Superstoffwechsels alles essen, ohne zuzunehmen. Sie überprüfte ihre blonde Perücke, um sicher zu sein, dass sie gerade saß. Sie war dankbar, dass ihre braune Strubbelfrisur ziemlich kurz war - das machte das Tragen einer Perücke erträglich. Eine Perücke würde nie auf ihren Kopf passen, wenn sie einen Haufen Haare darunter stopfen müsste.

Sara nahm die Treppe nach unten anstatt des Aufzugs. Sie öffnete die Hintertür des Gebäudes und schaute hinaus. Gelegentlich sah sie einen Lieferwagen in der Gasse - oder jemanden, der Müll zu den Containern hinter dem Restaurant brachte. Im Moment war alles ruhig.

Hausmannskost war großartig für ihre Zwecke, weil es Tische in verschiedenen Nischen gab - hinter halben Wänden und Pflanzen. Man konnte nicht an der Tür stehen - oder auch in der Mitte des Restaurants - und jeden sehen, der dort aß.

Lillian saß auf einem der Stühle nahe der Tür für Leute, die auf einen Platz warteten. Sara begrüßte sie mit einer Umarmung, legte dann einen Arm um sie und führte sie in das Restaurant hinein, wobei sie sagte: „Ich habe einen Tisch im hinteren Bereich."

Sara fing den Blick des Managers auf, hielt zwei Finger hoch und nickte. Der Mann nickte zurück. Er würde 100 Dollar (50 Dollar pro

Person) auf die Kreditkartennummer buchen, die sie ihm gegeben hatte.

„Lass uns zuerst frisch machen", sagte sie und steuerte Lillian und sich selbst in eine Einzeltoilette. Sie schloss die Tür ab und legte einen Finger auf ihre Lippen.

Sara reichte Lillian eine Karte. Darauf hatte sie geschrieben: „Nimm alle elektronischen Geräte heraus, die du bei dir trägst, einschließlich Handy, USB-Stick, Autoschlüssel und alle Kreditkarten." Sara holte eine Faraday-Tasche hervor und öffnete sie. Lillian entfernte alles und legte es in die Tasche. Sara schloss sie und gab sie Lillian zurück.

Sara zog einen Scanner hervor und fuhr damit sorgfältig über Lillians Körper – mit besonderer Aufmerksamkeit auf ihre Jacke und ihre Schuhe. Das Licht blieb grün.

Dann drehte Sara die Karte um. Darauf stand: „Komm mit mir, aber bleib still." Lillian nickte. Ohne ein Wort führte Sara sie durch den Hinterausgang des Restaurants, über die Gasse und in den Hintereingang ihres Bürogebäudes.

Einmal in ihrem Büro angekommen, schloss Sara die Tür ab und nahm die Faraday-Tasche zurück. Sie legte sie in das kleine Badezimmer, schaltete die Geräuschunterdrückungsmaschine ein, die sie auf der Toilette stehen hatte, und schloss dann die Tür. Sie zog zwei Stühle so, dass sie einander gegenüberstanden - so weit vom Badezimmer entfernt, wie es der kleine Raum zuließ. Sie setzte sich und lächelte.

„Tut mir leid, dass ich so James Bond mit dir umgegangen bin", sagte Sara, „aber ich dachte mir, wenn jemand so Fähiges wie du Hilfe braucht, muss es ernst sein."

Lillian atmete tief durch und ließ sich tiefer in den Stuhl sinken. Sie schaute sich in dem schlichten, größtenteils leeren Raum um. Dann blickte sie Sara an.

„Ich habe versucht, mir einzureden", sagte Lillian, „es sei alles Zufall. Aber... wenn es aussieht wie eine Ente und quakt wie eine Ente..."

Lillian erzählte Sara, was am Tag zuvor in der Tiefgarage passiert war. „Ich habe einen Bluterguss von der Größe Texas an meinem rechten Oberschenkel. Aber ich wäre tot, wenn das das gewesen wäre, was dieser Typ wollte. Er hätte mich direkt überfahren können, anstatt mich nur umzuwerfen."

Sara wartete auf mehr, aber Lillian schwieg.

„Entschuldige, wenn ich so direkt bin", sagte Sara, „aber deine Haut und deine Augen - sie sehen aus, als hättest du seit einer Woche kaum geschlafen. Was verschweigst du mir?"

Lillian nickte. „Zwei Wochen. Ich habe seit zwei Wochen nicht geschlafen. Damals hat jemand mit einem Baseballschläger die Motorhaube meines Jeeps bearbeitet. Es war ärgerlich, aber ich habe es abgetan."

„Hat niemand etwas gehört?"

„Nein. Der Schießstand ist schalldicht, wie du weißt. Der Parkplatz ist ziemlich isoliert - normalerweise ist niemand in der Nähe, wenn ich zumache."

Lillian rieb sich mit den Händen übers Gesicht.

„Und?", fragte Sara.

„Letzte Woche bin ich nach der Arbeit in den Jeep gestiegen und roch Benzin. Ich rief meinen Mechaniker an - er schießt auf meinem Stand - und er kam, um nachzusehen. Er schleppte ihn in seine Werkstatt ab. Er sagte, der Tank sei gerissen. Er meinte, es sähe aus, als hätte ein scharfer Stein ihn durchbohrt."

Saras Augen weiteten sich. „Das Fahren hätte dich töten können, richtig? Wenn es einen Funken gegeben und der Tank explodiert wäre?"

„Ja, außer... der Benzingeruch war wirklich stark. Tim bemerkte es sofort. Sagte, es sei viel stärker, als er erwartet hätte. Und ich bin sehr empfindlich gegenüber Benzin. Aus dem Irak."

„Nichts auf deiner Parkplatzkamera?", fragte Sara.

Lillian schüttelte den Kopf. „Jemand hat die Kamera weggedreht, als mein Jeep verbeult wurde. Also habe ich eine fest installierte Kamera mit einer Halterung angebracht, die sie stillhält. Aber vor dem Gasvorfall wurde das Objektiv schwarz besprüht. Jetzt habe ich eine so hoch oben, dass man eine Leiter bräuchte, um sie zu besprühen."

Sara stand auf. Sie hatte einen kleinen Mini-Kühlschrank im

Büro - ohne „smarte" Elektronik darin. „Ich habe Cola Light und Wasser", bot sie an.

Lillian nickte in Richtung des Wassers. „Kluge Frau", sagte Sara, reichte ihr ein Wasser und nahm sich selbst eine Cola Light.

Sara setzte sich wieder und nahm einen Schluck. Sie mochte, wie das Getränk ihre Kehle hinunterbrannte. Es war eine ziemlich dumme Sache, das zu mögen, aber sie tat es trotzdem.

„Also", sagte Sara, „wer könnte dich erschrecken und/oder verletzen wollen?"

„Das ist das größte Problem. Ich habe stundenlang darüber nachgedacht, und ich kann mir niemanden vorstellen, der das tun würde. Und bevor du fragst, ich date zurzeit niemanden. Ich verklage auch niemanden."

„Was ist mit Typen, die du vom Schießstand verbannt hast?"

„Ja, einige von denen wurden heiß, aber sie haben sich wieder beruhigt. Das hier ist Oklahoma. Es gibt tonnenweise Schießstände, zu denen sie gehen können, außer meinem."

„Feinde deines verstorbenen Mannes?"

Lillian schüttelte den Kopf. „Er ist seit zwei Jahren tot. Ich bezweifle das wirklich."

„Könnte es einer deiner Stammkunden sein?"

Lillian schüttelte den Kopf. „Ich hoffe wirklich nicht. Aber... aber wer auch immer es ist, scheint mit dem Schießstand vertraut zu sein."

„Könnte Geld ein Motiv sein?"

„Ich glaube nicht. Ich besitze das Geschäft zwar vollständig. Aber ich habe keine Verwandten, und ich habe mehreren Leuten erzählt, dass ich alles dem Wounded Warriors Project hinterlasse."

Sara dachte einen Moment nach. „Es könnte bis zum Mord eskalieren. Aber es klingt eher so, als wollten sie dich einschüchtern – richtig einschüchtern. Gibt es jemanden, der sich besonders um deine Freundschaft bemüht? Jemanden, der dich vielleicht so verängstigen will, dass du beginnst, dich auf ihn zu verlassen? Vielleicht ist das ein langfristiges Spiel – um dich abhängig zu machen und dann dich und dein Geschäft zu übernehmen?"

Lillian seufzte. „Verdammt. Ich will nicht jeden verdächtigen. Es gibt ein paar Typen, mit denen ich scherze. Ein bisschen flirte. Aber das bedeutet nichts."

Sie dachte noch etwas nach. „Zumindest bedeutet es für mich nichts."

4

———

kay", sagte Sara. „Ich werde morgen den Parkplatz beobachten. Aber ich glaube, dass sie dich mit deiner hohen Kamera woanders angreifen werden. Am meisten Sorgen mache ich mir um dich zu Hause – denn das wäre der nächste Ort in ihrer Vorgehensweise. Hier ist, was wir tun sollten." Und Sara erklärte es ihr.

Sie gingen denselben Weg zurück zum Restaurant und verließen es dann gemeinsam durch den Vordereingang. Lachend schlenderten sie zu Lillians Jeep. Sara beobachtete, wie sie einstieg, und winkte ihr nach, als sie wegfuhr.

Sara ging ein paar Blocks bis zum Oklahoma University Krankenhaus und betrat es durch den Haupteingang. Sie mochte diesen Ort, weil er mehrere Ausgänge in verschiedenen Gebäudeteilen hatte. Statt durch den Haupteingang hinauszugehen, verließ sie das Krankenhaus durch eine Tür zum Café – weit genug entfernt, um unauffällig zu bleiben. Von dort aus machte sie sich auf den Weg zu ihrem überdachten Parkhaus. Anschließend fuhr sie zu einem rund um die Uhr geöffneten Convenience Store, etwa zehn Blocks von Lillians Haus entfernt.

Lillian wartete bereits. Sara stieg auf den Rücksitz von Lillians Jeep und versteckte sich unter einer Decke. Lillian fuhr nach Hause und benutzte ihren elektronischen Garagentoröffner, um direkt in die Garage zu fahren und das Tor zu schließen. Sara hatte ihre Ruger LC9 gezückt, aber niemand wartete auf sie.

Außer Paws, der schwarzen Katze. Paws warf einen Blick auf Sara – schnupperte einmal an ihr – und rannte weg, um sich zu verstecken. Den Rest der Nacht, wann immer Sara das Gefühl hatte, beobachtet zu werden, fand sie Paws. Versteckt hinter einem Sofa oder einer Tür. Sie anstarrend.

Das Haus war gemütlich. Westernstil im Ranch-Stil mit rauen Holzböden – aber aufgehübscht, weil sie in einem Fischgrätmuster verlegt waren. Es hatte einen Sinn für Humor – drei Bilder von Kühen in Primärfarben hingen über dem Kamin. Die Möbel waren gehobenes Gute-alte-Zeit-Komfort.

Am meisten beeindruckt war Sara von Lillians Hausalarmsystem. Es hatte Infrarotkameras außen, und jedes Fenster, jede Tür und jede Außenlüftung war verkabelt.

„Bo hat das gemacht", sagte Lillian. „Er hatte Angst, jemand könnte denken, wir bewahren hier Waffen auf. Wegen des Schießstands."

Sara war auch beeindruckt – sogar verblüfft – von der Anzahl der Waffen, die Lillian im Haus aufbewahrte. Es gab zwei Schrotflinten – eine unter dem Bett und eine im Flurschrank. Sie hatte drei Handfeuerwaffen zusätzlich zu der, die sie überall trug. Eine wurde im Nachttisch aufbewahrt, eine andere in der Schreibtischschublade im Büro und die letzte in einer Küchenschublade. Als Sara ihr empfahl, vorerst eine Knöchelholster-Waffe hinzuzufügen, zeigte Lillian noch eine weitere Waffe, die sie im Haus hatte – eine Subkompakt Sig P365.

Sara zog die Augenbrauen hoch und sah Lillian an.

Lillian verschränkte die Arme vor der Brust. „Versuch mal, allein mit einem Bein zu schlafen, und schau, wie viele Waffen *du* dann im Haus haben willst."

Sara konzentrierte sich plötzlich auf die Waffe, die Lillian am Rücken trug. Die, die sie anscheinend überall trug. „Du hattest sie gestern dabei?", fragte sie.

Lillian blickte auf ihre Füße. „Das Auto war weg, als ich in der Lage war, danach zu suchen."

„Okay."

Sara sah Lillian an. „Was hast du im Irak gemacht?"

„Unterstützungspersonal. Ich bin hauptsächlich Lkw gefahren."

Sara sagte nichts.

„Ich bin qualifiziert im Umgang mit Waffen. Ich habe nur..."

Sara hob die Hände. „Ich bin sicher, du bist qualifiziert." Sie setzte ihre Durchsuchung des Hauses fort. Sie war erleichtert, keine versteckten Kameras oder Mikrofone zu finden.

Lillian ging in die Küche und öffnete den Kühlschrank. Sara staunte über die Fülle an Lebensmitteln – und noch dazu gesunden. Mehrere Sorten Blattgemüse fielen ihr sofort ins Auge. Lillian holte Salat, Avocados, Truthahn und eine Art Sprossen heraus. Kurz darauf biss Sara in das beste Sandwich, das sie seit Langem gegessen hatte.

Sara fragte Lillian über den Irak aus und verbrachte die nächsten zwei Stunden damit, zuzuhören – und zu lachen – bei Lillians Beschreibungen von militärischen Pannen und jungen, dummen Soldaten. Gelegentlich zappelte Lillian oder fuhr sich mit den Fingern durchs Haar – und Sara erkannte, dass sie die wirklich schlimmen Teile herausschnitt.

Gegen 22 Uhr zog sich Lillian in ihr Schlafzimmer zurück und ging schlafen. Sara schlief schließlich auf dem braunen Wildledersofa ein, den Blick auf die Bilder an der Wand gerichtet, besonders auf die seelenvollen türkisfarbenen Augen einer Kuh.

... Nur um von einem Schrei aus dem Schlafzimmer geweckt zu werden.

Oh nein! Sie sprang auf die Füße, griff nach ihrer Waffe und rannte zu Lillians Zimmer. *Wie konnte jemand hereinkommen?*

Sara riss die Tür auf, stürmte hinein und bremste dann abrupt ab.

Niemand außer Lillian war im Zimmer. Lillian lag auf dem Himmelbett, so eng wie möglich auf ihrer Seite zusammengerollt. Die weiße Tagesdecke und die Laken waren weggestrampelt. Ihr Körper glänzte vor Schweiß. Ihre Hände hielten das Kissen über ihren Kopf, und sie atmete in schnellen Stößen.

Sara bewegte sich auf das Bett zu. Um zu trösten.

Lillian sagte immer wieder, fast flüsternd: „Ich bin nicht dort. Nicht dort. Ich bin wirklich nicht dort."

Als Sara erkannte, dass keine unmittelbare Gefahr bestand, und sich wie ein Eindringling fühlte, zog sie sich aus dem Zimmer zurück. Sie war sich sehr sicher, dass Lillian nicht wollte, dass jemand sie so sah. Sie schloss die Tür behutsam und ging zurück zu ihrer Couch.

Am Morgen machten sie Pläne für den Tag. Sara war erleichtert, dass Lillian jemand anderen hatte, der den Schießstand für sie öffnete – sodass Lillian nicht allein dort sein würde.

„Ich kann nicht drinnen bei dir rumhängen, ohne meine Tarnung auffliegen zu lassen, aber ich werde in der Nähe sein – du kannst anrufen oder schreiben. Ich werde dir zum Schießstand folgen, aber halt deine Waffe bereit, während du fährst und in deinen Schießstand gehst. Und halte sie den ganzen Tag über leicht zugänglich. Schließe dein Holster nicht zu.

„Ruf mich an, wenn du irgendwohin musst. Ansonsten werde ich vor der Schließung aufpassen und dir nach Hause folgen."

5

Es war 18:30 Uhr, als Lillian mit dem Zählen der Tageseinnahmen fertig war und das Bargeld sowie die Schecks im Safe für die Einzahlung am nächsten Tag eingeschlossen hatte. Sie trat nach draußen und verriegelte die Außentür.

Ihr Herz begann schneller zu schlagen. Sie sah sich vorsichtig auf dem kleinen Parkplatz um, der von einer mäßigen Straßenlaterne beleuchtet wurde. Wie üblich war ihr Jeep das einzige verbleibende Fahrzeug. Verdammt, sie hasste diese Angst. Sie holte ihr Handy heraus und wählte Saras Kurzwahl.

„Alles in Ordnung?", fragte Lillian.

„Sieht bisher gut aus", antwortete Sara. „Ich habe dein Auto vor zwei Stunden auf Sprengstoff überprüft. Und seitdem war niemand in der Nähe."

„Wo bist du?"

„Du blickst in meine Richtung. Ich bin einen halben Block entfernt, zwischen den U-Haul-Trucks geparkt. Ich sehe dich."

Lillian sah auf. „Gut gemacht. Ich kann dich nicht entdecken."

Mit der Waffe an ihrem Bein ging Lillian schnell zum Jeep, stieg ein und verriegelte die Türen. Sie legte ihre Waffe neben sich auf den Sitz und schnallte sich an. Sie steckte ihr Handy in die Halterung und schloss es an den USB-Anschluss an. Sie atmete erleichtert auf, als sie vom Parkplatz fuhr und auf die Straße einbog. Bald war sie auf der I-44.

Lillian schüttelte den Kopf. Sie konnte sich einfach nicht vorstellen, dass jemand ihr absichtlich schaden wollte. Warum sollte er? War das Auto, das sie angefahren hatte, vielleicht nur ein Unfall gewesen? Jemand, der durch sein Handy abgelenkt war? Oder jemand, der aus der Garage gerast war, um den Konsequenzen zu entgehen? Sie konnte Sara nicht für immer in ihrem Haus wohnen lassen.

Lillian gähnte. Letzte Nacht waren die Albträume wieder gekommen. Sie brauchte dringend richtigen Schlaf. Ununterbrochenen Schlaf.

Zehn Minuten später wurde Lillian langsamer, als die Überführung näher kam. Sie betätigte den rechten Blinker, um die Spur zu wechseln.

Etwas Seltsames erregte ihre Aufmerksamkeit aus dem Augenwinkel, und sie drehte den Kopf in diese Richtung. Aus ihrem Fahrerfenster sah sie einen verbeulten grauen Pickup-Truck zwei Spuren weiter.

Seine Scheinwerfer hatten sich gedreht und waren nun direkt auf ihren Jeep gerichtet. Niemand befand sich auf den Spuren zwischen ihnen, sodass nichts in seinem Weg war.

Schockiert hob sie den Blick und sah den Fahrer. Er war ein junger Mann mit kurzem braunem Haar und dem entschlossensten Gesichtsausdruck. Er starrte direkt auf ihren Jeep – nicht auf sie, sondern auf den Jeep. Seine Augen blitzten, mit einem Ausdruck völliger Zufriedenheit, der sich auf seinem Gesicht ausbreitete. Als wäre er Sekunden davon entfernt, einen Grand Slam zu gewinnen. Als stünde er kurz davor, eine Million Dollar zu kassieren. Den Hauptpreis.

Sie beobachtete, wie er die Distanz zwischen ihnen verringerte. Sehr schnell.

Lillian trat hart aufs Gaspedal, um an ihm vorbeizukommen. Aber Sekunden später gab es einen lauten Knall, als der Truck in ihre Fahrertür krachte. Es war ein doppelter Schlag. Zuerst traf der Truck die Seite ihres Jeeps, und dann explodierten die Vordersitztaschen in das, was große, scharfkantige Steine gewesen sein mussten.

Sie taten *weh*!

Ihr Auto schlitterte seitwärts, während es immer noch vorwärts raste.

Der Truck schob sie auf die rechte Spur. Zum Glück war niemand neben ihr.

Lillian drehte sich um. Der Rand der Überführung kam rasend schnell auf sie zu. Wenn sie über die Kante ginge... hinunter in den Verkehr...

Sie schrie.

Ihr Jeep wurde auf den Seitenstreifen geschoben, und immer noch bewegte er sich weiter. Die Überführung endete – die kleeblattförmige Auffahrt kam näher.

Lillian nutzte die ganze Kraft ihres gesunden rechten Beins, um dem Gaspedal noch etwas mehr Geschwindigkeit abzugewinnen.

Sie riss ihr Lenkrad in Richtung des Trucks – in dem Versuch, vom Rand der Überführung wegzubleiben. Aber es machte keinen Unterschied.

Es gab einen weiteren lauten Knall, und ihr Kopf wurde gegen den Sitz geschleudert, als ihr Jeep nach vorne ruckte – schneller als zuvor. Die Airbags fielen in sich zusammen. Sie sahen aus wie schlaffe Kapitulationsflaggen.

Lillians Jeep prallte gegen die Leitplanke und schleuderte sie hart gegen den Sicherheitsgurt. Ihre Hände flogen vom Lenkrad. Sie hatte nur eine Sekunde zum Beten, aber es wurde nicht erhört. Ihr Jeep kippte auf die rechten Räder.

Lillian neigte sich auf ihre rechte Seite und setzte dann die Drehung fort. Sie war kopfüber und fiel. Überschlug sich.

Lillian schloss die Augen.

6

Sara fuhr etwa 60 Meter hinter Lillian her und telefonierte mit Mason, ihrem Technikexperten aus Pennsylvania, der auch ihr Freund war.

Sie hatte Mason vor etwa einem Jahr vor Ölkonzern-Schlägern gerettet, die ihn wegen seiner Hackerfunde umbringen wollten. Bei der Schießerei zu seiner Rettung war sie gezwungen gewesen, sich vor Mason in einen Wolf zu verwandeln. Anstatt entsetzt zu sein, meinte Mason, das sei „krass", und er wolle Teil davon sein.

Sara hatte ihn warten lassen, bis er seinen Abschluss machte - in der Hoffnung, er würde seine Meinung ändern. Aber Mason blieb standhaft und schloss sich direkt nach seinem Abschluss ihrem kleinen Kreuzzug an. Und Sara war sehr dankbar dafür, trotz ihrer Sorgen, ihn in Gefahr zu bringen.

„Ich finde nichts über ihren Ehemann, das auf einen Groll hindeuten würde", sagte Mason. „Niemand hat etwas gegen ihn vorgebracht. Er hat niemanden beschuldigt. Wenn er oder sie mit jemandem Streit hatten, wurde das nirgends festgehalten."

„Danke", seufzte Sara. Das Motiv erwies sich in diesem Fall als schwer fassbar.

Sara blickte auf. Ein Pickup vor ihr rammte die Seite von Lillians Jeep.

„Scheiße!" Sie trat aufs Gaspedal und verringerte den Abstand.

„Was kann ich tun?", fragte sie sich laut.

Sie konnte nicht rechts an dem Pickup vorbei, um ihn zurückzudrängen.

Sie konnte den Fahrer nicht sehen.

Die größte Gefahr bestand darin, dass Lillian von der Überführung in den Verkehr gestoßen werden könnte.

Sara raste mit ihrem F-150 auf den rechten Seitenstreifen und knallte gegen das Heck von Lillians Jeep - sie schob ihn so hart wie möglich nach vorne. Sie versuchte, ihn über die Abfahrt hinauszubewegen.

Es gab ein nervenaufreibendes Kreischen von Metall, und die rechte Leitplanke gab nach, als der Jeep sie traf, schwankte und dann umkippte. Er fiel über die Reling und überschlug sich wie Wäsche in einem Trockner.

Aber - Gott sei Dank! - der Jeep hatte es über die Abfahrt hinaus geschafft und rollte nun den Hang des Kleeblattkreuzes hinunter.

Sara schnappte nach Luft. Sie musste den Atem angehalten haben.

Das Überschlagen des Jeeps verlangsamte sich, als der Boden flacher wurde. Sein Dach traf eine Leitplanke am unteren Ende des Kreises, und die Unterseite hob sich, versuchte sich erneut zu überschlagen. Es gelang nicht. Die Räder krachten zurück auf den Boden.

Der schrottreife Pickup, der den Jeep angegriffen hatte, bog zurück auf die Autobahn und raste davon.

Sara las das Nummernschild laut vor. Hoffentlich war Mason noch in der Leitung, obwohl sie ihr Handy nicht sehen konnte. Es musste irgendwo auf dem Boden liegen.

Sie wollte dem Kerl nachfahren. Unbedingt.

Aber sie musste Lillian helfen.

Sara nahm die Abfahrt, fuhr um den Kreis herum und hielt dicht an der Leitplanke. Sie schnappte sich ihren Erste-Hilfe-Kasten und rannte zum Jeep. Sie konnte nur das Hardtop sehen, und der Anblick war nicht ermutigend. Es war fast in der Mitte gebrochen, und ein

Teil war weit nach innen gedrückt. Sie konnte Lillian nicht sehen. Überall war Glas.

Sie gelangte zu dem, was von der Windschutzscheibe übrig war, und sah endlich Lillian. Angeschnallt. Auf den ersten Blick sah sie okay aus - der Überrollbügel hatte standgehalten.

Sara erinnerte sich an das „ABC"-Akronym. Atemwege? Die waren frei. Atmung? Ja, sie atmete. Kreislauf? Lillian hatte einen Puls. Sara suchte nach Anzeichen von Blutungen, konnte aber nichts sehen. Ihr linkes Bein - das mit der Prothese - war etwas seltsam verbogen. Besser, sie nicht zu bewegen.

Sara setzte sich ins Gras. Sie tippte auf das Telefonsymbol ihrer iWatch und rief den Notruf an. Sie sagte ihnen, dass sie einen Krankenwagen brauchte.

Sara versuchte, ihren rasenden Herzschlag unter Kontrolle zu bringen. Am liebsten hätte sie irgendetwas vor Wut zerschlagen – auf sich selbst. Auf die Tatsache, dass sie nicht wusste, was sie tun sollte. In ihren schlimmsten Albträumen fürchtete sie, dass ihre mangelnde Ausbildung einmal das Leben eines Klienten kosten könnte. Heute Nacht war es beinahe so weit gewesen.

Statt sich zu beklagen, dass sie keine Fachausbildung hat, sollte sie verdammt noch mal jemanden einstellen, der sie unterrichtet. Und... sie brauchte offensichtlich ein intensives Fahrtraining für Bodyguards.

Sie würde beides in Angriff nehmen. Sobald sie denjenigen gestoppt hatte, der Lillian umbringen wollte. Endgültig gestoppt.

7

Clyde Ruskin schlug mit seiner behandschuhten Hand aufs Lenkrad des gestohlenen, klapprigen Pickups und brüllte aus voller Kehle: „Ja!" Sein Onkel müsste davon beeindruckt sein. Er hatte sie nicht nur über das Geländer gestoßen, sondern war auch noch unerkannt entkommen!

Wer war jetzt also der Versager? Verdammt sicher nicht er!

Er konnte es kaum erwarten, den gestohlenen Truck loszuwerden und es Onkel Warren zu zeigen. Seine Ohren brannten immer noch von der Art, wie der Mann heute Morgen mit ihm geredet hatte. Ihn beschuldigt hatte, über die Schlampe zu lügen. Gesagt hatte, er hätte sie wahrscheinlich gar nicht auf dem Parkplatz getroffen.

Verdammt, er hatte sie perfekt erwischt. Genau wie Warren es wollte. Stark genug, um sie umzuwerfen, aber nicht zu töten.

Er hatte die Schnauze voll von diesem Scheiß. Der Mann machte ihn ständig runter. Es wurde Zeit, dass er etwas Respekt bekam. Zeit, dass Onkel Warren ihn mehr wie einen Partner behandelte und nicht wie irgendeinen Handlanger.

Für einen Moment erinnerte er sich an den Truck, der wie aus dem Nichts aufgetaucht war und den Jeep getroffen hatte. Kurz bevor er über die Kante ging. Aber das war nichts. Es war sogar positiv. Er hatte den Job trotzdem erledigt. Mission erfüllt. Er bemerkte, dass seine Finger auf dem Lenkrad trommelten, und zwang sie aufzuhören. Er würde Respekt einfordern.

Clyde fuhr auf den großen Parkplatz hinter Hooters. Er glättete sein schwarzes Haar im Spiegel und zwinkerte sich selbst zu, dann ließ er die Schlüssel gut sichtbar auf dem Sitz liegen und die Türen unverschlossen.

Er sah sich um und sah, wie Onkel Warrens Lexus etwa zehn Autos entfernt einparkte. Er ging hinüber und setzte sich auf den weichen Lederbeifahrersitz. Warren fuhr vom Parkplatz und wieder auf die Autobahn.

Clyde hatte nicht viel Lob erwartet - das war nicht Onkel Warrens Art. Aber verdammt, würde ein „Gute Arbeit" den Mann umbringen? Und warum sagte er überhaupt nichts? Schließlich hielt er die Stille nicht mehr aus.

„Na?", fragte er.

Er sah zu Onkel Warren hinüber. Der Mann saß einfach da, fuhr die Straße entlang und sah wichtig aus mit seinem Hundert-Dollar-Haarschnitt und den grau werdenden Schläfen. Und was zum Teufel sollte das? Der Kerl war noch nicht einmal 40. Wahrscheinlich ließ er sie färben, um „distinguiert" auszusehen, anstatt wie ihre gemeinsamen Redneck-Wurzeln.

„Na?", fragte er noch einmal. Säure fraß in seinem Magen. Seine Finger trommelten wieder auf sein Knie.

Endlich warf Warren ihm einen Blick zu, dann wieder auf die Straße. Seine Stimme klang leise. „Sie sollte auf der Autobahn darunter landen."

„Ja, na ja, dieser andere Truck hat das vermasselt. Du hättest nicht zwei von uns dasselbe machen lassen sollen. Sei froh, dass ich den Job erledigt habe."

„Ich habe den zweiten Truck nicht angeheuert."

„Hä? Was meinst du? Er hat sie auch getroffen."

„Ich habe niemand anderen angeheuert."

„Wer war es dann?"

„Ich werde es bald herausfinden. Ich habe das Kennzeichen."

Warren sah ihn wieder an. „Was dich betrifft - du solltest besser hoffen, dass sie tot ist."

8

G ut, dass ich die Privatdetektiv-Lizenz habe, dachte Sara Flores
zum zweiten Mal an diesem Abend.

Sara war dem Krankenwagen zum Barstow Surgical
Hospital gefolgt. Sie verzog das Gesicht. Sie hasste Krankenhäuser.
Die visuellen Eindrücke waren schlimm genug – verängstigte,
verzweifelte Menschen, die zusammengekauert auf Nachrichten von
gestressten, überarbeiteten Krankenschwestern und Ärzten
warteten.

Aber die Gerüche... für eine Wolfsnase... Oh Gott. Krankenhäuser
waren voll von den Düften, die einen Wolf am ehesten nervös
machten. Der Geruch von Angst war überwältigend und ließ sie
etwas jagen wollen. Da sie das nicht konnte, musste sie sich davon
abhalten, auf und ab zu gehen, mit den Beinen zu wippen oder
loszurennen.

Dann waren da noch die Gerüche von rohem Fleisch. Egal wie
sehr man es für Besucher kaschierte, in den Hinterräumen wurde
Fleisch geschnitten und Blut floss. Und über allem lag der widerliche
chemische Gestank von Desinfektionsmitteln. Er griff ihre Nase an
und verursachte ihr rasende Kopfschmerzen.

Saras Privatdetektiv-Lizenz und ihre Erklärung verschafften ihr
ein kurzes Gespräch mit dem Arzt. Sie warnte ihn und die

Krankenschwestern, dass gerade jemand versucht hatte, Lillian zu töten und es wahrscheinlich wieder versuchen würde.

Eine Stunde später, nach zwei Ausflügen nach draußen, um ihre Nase zu klären und die Kopfschmerzen zu lindern, verschaffte ihr die Lizenz einen winzigen Vertrauensvorschuss bei Detektiv Alberto Rodriguez. Er ließ sein Gespräch mit ihr beiläufig erscheinen, indem er es in einem winzigen Patientenbesprechungsraum im Krankenhaus führte.

Rodriguez hatte ein Gesicht, das ihn 50 oder 60 Jahre alt aussehen ließ. Unter seinen Augen, die zu viel gesehen hatten, lagen Tränensäcke, und in seinem Haar, Schnurrbart und Kinnbart war reichlich Salz zu sehen. Sein Körper hingegen wirkte wie Mitte 40. Er war schlank. Sara schätzte sein Gewicht auf etwa 68 Kilo bei einer Größe von 1,75 Metern.

Sara fand ihn interessant. Er wirkte zurückhaltend, nicht so aggressiv wie manche Polizisten. Aber er hatte irgendwie... Gewicht. Kein Mann, den sie jemals als Verfolger haben wollte.

Er hatte in ein Notizbuch geschrieben, legte aber seinen Stift beiseite und sah sie mit hochgezogener Augenbraue an. „Erklären Sie mir noch einmal, warum Sie von hinten in ihren Jeep gerammt sind."

„Ich wusste nicht, was ich sonst tun sollte. Ich hatte Angst. Sie war fast über die Klippe hinaus, aber sie hätte es nicht geschafft. Ich musste ihr helfen."

Er schrieb noch ein paar Worte in sein Notizbuch.

„Haben Sie jemanden, der sie bewacht?", fragte sie. „Sie werden doch zumindest für heute Nacht jemanden vor ihrem Zimmer postieren? Denn ich habe in den letzten 40 Stunden nur etwa drei Stunden geschlafen, und ich bin kurz davor zusammenzubrechen. Jemand muss sie heute Nacht beschützen, weil ich nutzlos sein werde."

Er sah sie mit Polizistenaugen an.

„Ja", sagte er. „Wir werden heute Nacht jemanden haben. Also, was diesen Lastwagen angeht, von dem Sie sagen, er habe sie gerammt. Haben Sie ein Kennzeichen gesehen?"

„Ich konnte nicht", log sie. „Der Lastwagen fuhr direkt auf ihre Fahrerseite zu. Das Kennzeichen war nicht sichtbar. Hören Sie, sicherlich haben einige Leute gemeldet, was sie gesehen haben. Es waren vielleicht 20 Autos, die es hätten sehen können. Sie werden meine Geschichte bestätigen."

Sara stand auf. Sie reichte Detektiv Rodriguez ihre Visitenkarte als Privatdetektivin mit ihrer Handynummer.

„Ich werde noch einmal nach Lillian sehen, dann das nächstgelegene Hotel suchen und dort zusammenbrechen. Bitte wecken Sie mich mindestens sechs Stunden lang nicht, es sei denn, es geht um Lillian." Sara ging weg. Sie konnte seinen Blick in ihrem Rücken spüren.

Nach sechs Stunden Schlaf, ein wenig erfrischt, checkte Sara aus dem Hotel aus und fuhr zurück zum Krankenhaus. Ihr Handy vibrierte. Eine Nachricht sagte: „Ruf mich an. Sicher." Sie fuhr an den Straßenrand und holte das Telefon heraus, das Mason für sie verschlüsselt hatte.

„Ich habe den Typen gefunden, der sie von der Straße gedrängt hat", sagte Mason. „Aber zuerst – du hast ein anderes Problem. Ich habe vor Monaten einen Tracker auf deine Kennzeichennummer in der Oklahoma DMV gesetzt – als Vorsichtsmaßnahme. Gut, dass ich das getan habe, denn jemand hat gerade danach gesucht. Sie haben deine Adresse bekommen."

„Das war wahrscheinlich Rodriguez."

„Nein, das war es nicht. Es waren zwei Leute. Ich nahm an, dass der Polizist einer von ihnen war, aber dann bleibt auch noch jemand anderes übrig."

Sara erstarrte. Sie hatte Mason halb zugehört, als er davon sprach, dass ihre Fahrzeuge in den Besitz einer Firma übergehen sollten.

Würde sie umziehen müssen?

„Oh mein Gott", sagte sie. „Skidi. Sie ist zu Hause. Ich muss sie holen." Skidi war ihr Wolfshund, den sie von dem Schamanen geerbt hatte, der sie verwandelt hatte.

„Keiner deiner Hausalarme hat ausgelöst. Ich habe das gerade vor meinem Anruf überprüft. Aber sei vorsichtig. Jemand wirklich Gutes könnte bereits dort sein."

9

Sara fuhr zur öffentlichen Bootsrampe – etwa fünf Kilometer von ihrem Haus entfernt. Es war 20 Uhr und zwei leere Trucks standen dort, beide mit leeren Bootsanhängern. Beide hatten örtliche Kennzeichen, die sie erkannte. Sie nutzten diese Rampe häufig, daher waren sie wohl kaum die Gefahr, um die sie sich Sorgen machte.

Vielleicht hat die Sache mit der Zulassungsstelle nichts mit diesem Fall zu tun? Schön, das zu glauben. Aber dumm.

Sie nahm ihr Handy und öffnete ihre Heimüberwachung. Zuerst schaute sie auf die Wohnzimmercouch – wo Skidi gerne döste. Sie zoomte heran und sah, wie sie im Traum zuckte, als ob sie etwas jagen würde. Erleichtert lächelte sie.

Sie durchsuchte die Hauskameras und fand nichts Verdächtiges. Sie überprüfte die Außenkameras. Niemand lungerte draußen um das Haus herum. Zuletzt kontrollierte sie die beiden Kameras, die einen halben Block von ihrem Haus entfernt in die zwei Richtungen zeigten, aus denen Ärger kommen könnte. Alles sah normal aus.

Sie musste Skidi aus dem Haus holen und in Sicherheit bringen – bis sie diesen Fall gelöst hatte.

Es gab nur eine Person, die Sara anrufen konnte. Eine Person, die

Skidi genug mochte, um bei ihr zu bleiben. Eine Person, die sie beschützen konnte.

Eine Person, die sie *nicht* anrufen wollte. Bill Hanalho – ein großer, umwerfend gut aussehender Mann mit langen schwarzen Haaren, durch die man mit den Fingern fahren wollte, und einem Körper, von dem sie träumte. Ein Mann, an den zu denken sie sich sehr bemühte zu vermeiden.

Sie zwang sich, den Anruf zu tätigen.

„Bill? Hier ist Sara. Ich muss dich um einen Gefallen bitten."

Er schwieg.

Oh Gott, er denkt doch nicht etwa...

„Es geht um Skidi", sagte sie schnell in die Stille hinein. „Ich brauche jemanden, der ein paar Tage auf sie aufpasst."

„Klar. Bring sie zum Haus meines Großvaters."

„Danke."

Sara legte auf, während ihr Blutdruck in die Höhe schoss. Das Haus seines Großvaters! Wo Sara gezwungen worden war, sich in einen Wolf zu verwandeln. Wo sein Großvater gestorben war, im Kampf gegen den toten Geist des Mannes, der Sara verwandelt hatte.

Genau das Haus, in dem sie Bill zum ersten Mal getroffen hatte – nur um zu erkennen, dass sie nie zusammen sein konnten. Er war jetzt der oberste Priester des Lupiti-Stammes. Er würde eine Lupiti-Frau heiraten müssen, was Sara nicht war. Und das war nicht das einzige Problem. Der Mann, der Sara verwandelt hatte, war der oberste Lupiti-Schamane gewesen. Schamanen und Priester waren bei den Lupiti natürliche Feinde.

Sara schüttelte den Kopf und ermahnte sich, sich zu konzentrieren. Sie fuhr in die Straße direkt vor ihrem Haus. Sie musste Skidi holen, bevor jemand kam, um nach ihr zu suchen.

Sie kurbelte das Fenster herunter und blies in die Hundepfeife, die sie im Handschuhfach aufbewahrte. Die, die Menschen nicht hören konnten. Die, die Skidi sagte, sie solle angelaufen kommen.

Von der Couch aus müsste Skidi durch das Esszimmer laufen, um durch die Hundeklappe zu kommen. Beobachtend sah Sara einen verschwommenen grau-wolfsähnlichen Hund um die Seite der Veranda rennen, nach ihr suchend. Als sie Saras Truck sah, sprang

Skidi über das Geländer und über den Vorgarten. Sara ließ das Beifahrerfenster ihres Trucks gerade noch rechtzeitig herunter, bevor Skidi hereingeflogen kam und sich auf den Sitz neben ihr setzte.

Sara benutzte ihr Handy, um die Metallabdeckung über der Hundeklappe ferngesteuert zu schließen und zu verriegeln. Sie fuhr die fünf Kilometer zurück zur Bootsrampe. Nachdem sie sich vergewissert hatte, dass immer noch niemand da war, stellte sie den Truck auf Parken und griff nach Skidi. Sie streichelte und umarmte sie und bekam eine Ladung nassen, sabbernden Hundespeichels ins Gesicht.

Sie war so erleichtert.

Dann, sich wappnend, fuhr sie zum Reservat. Zum Haus von Bills verstorbenem Großvater.

Dort angekommen, konnte sie nicht hineingehen.

Bill öffnete die Tür und ging auf ihren Truck zu. Auf sie zu. Sara schluckte. Der Mann sah bei jedem Treffen besser aus. Heute trug er ein weich aussehendes Jeanshemd. Leider. Als sie ihn zum ersten Mal traf, war sein Oberkörper nackt gewesen. Sara bezweifelte, dass sie diesen Anblick je aus ihrem Kopf bekommen würde. Er hatte sich eingebrannt.

Sie saß in ihrem Truck und beobachtete, wie er ging. Sie kurbelte das Fenster herunter, und er kam heran.

„Geht es dir gut?", waren seine ersten Worte.

„Jemand hat letzte Nacht versucht, meine Klientin von der Straße zu drängen", sagte sie. „Ich war in meinem Truck dabei. Jemand muss mich gesehen haben, denn heute Morgen haben sie mein Nummernschild überprüft und meine Adresse herausgefunden. Ich kann Skidi nicht allein dort lassen, während ich diese Sache löse. Es tut mir leid, dich damit zu belästigen, aber es gibt niemand anderen, bei dem Skidi bleiben könnte, ohne wegzulaufen. Ich weiß, ich sollte nicht..."

Halt die Klappe, sagte Sara zu sich selbst. *Du plapperst.*

„Kein Problem." Bill öffnete die Beifahrertür und sagte: „Komm, Mädchen."

Skidi drehte sich um und sah Sara an. „Geh mit Bill", sagte Sara. „Bleib bei ihm. Ich verspreche, ich komme zurück."

Tränen bildeten sich in ihren Augen. Dies war das erste Mal, dass sie Skidi bei jemand anderem lassen musste. Es war wie eine Kralle in ihrem Herzen, die tiefe Schnitte hinterließ. Sie tätschelte Skidis Kopf und kratzte hinter ihrem Lieblingsohr, dem rechten.

„Geh mit Bill", sagte sie und schob den Hund weg. „Ich komme wieder."

„Sara..."

„Nicht", sagte sie. „Bitte nicht. Bring sie einfach ins Haus."

Sara schaute ihnen nach, als sie zum Haus gingen. Skidi sah einmal zu ihr zurück. Bill nicht, Gott sei Dank.

Sie gingen hinein und die Tür schloss sich.

„Aaarrrgggghhh!", schrie Sara und umklammerte das Lenkrad. Sie rieb sich die Hände über die Augen. Sie legte den Gang ein und haute schleunigst ab.

Zehn Minuten später hielt sie auf einem Einkaufszentrum-Parkplatz und rief Mason an.

„Skidi ist jetzt in Sicherheit", erzählte sie ihm.

„Wie war Bill?"

„Lass es, Mason. Keine bissigen Kommentare über mein nicht vorhandenes Liebesleben. Nicht heute. Hast du den Typen gefunden, der Lillian angegriffen hat?"

Das Telefon war für ein paar Sekunden still.

„Tut mir leid", sagte Mason. „Ja, ich habe ihn gefunden. Sein Name ist Clyde Ruskin. Ich schicke dir seine Adresse per SMS. Aber er ist nicht das Gehirn der Sache."

Sara schüttelte den Kopf, um ihn frei zu bekommen. „Nicht das Gehirn? Hast du auf seinen IQ zugegriffen?"

„Witzig. Nicht. Ich habe den Truck über Verkehrskameras verfolgt – und nur so nebenbei, Tulsa hat verdammt viele Verkehrskameras, die seine Bürger beobachten. ›Big Brother‹ ist überall. Ich habe Ruskin bis zu einem Hooters-Parkplatz verfolgt. Jemand kam in einem Lexus angefahren und hat ihn abgeholt, dann 16 Kilometer zu einem geparkten Ford Bronco gefahren. Ich habe das Nummernschild des Broncos und seinen Namen bekommen, als er für die Nacht an dem Haus auf seinem Führerschein angehalten hat."

„Und der Fahrer des Lexus?"

„Er ist in eines der großen Parkhäuser in der Innenstadt gefahren und nicht wieder herausgekommen. Ich habe einen örtlichen Privatdetektiv angeheuert, der das Parkhaus für mich durchsucht hat – während du geschlafen hast – und er hat mir acht Nummernschilder von allen Lexus-Autos dort gegeben. Ich grabe mich gerade durch die einzelnen Besitzer, aber zwei der Autos sind auf zwei verschiedene Briefkastenfirmen auf den Cayman-Inseln zugelassen. Die gefallen mir am besten."

„Du denkst, er ist dort in ein anderes Auto umgestiegen."

„Wenn er eine Briefkastenfirma auf den Caymans besitzt, hat er etwas zu verbergen. Das bedeutet, dass er einen anderen Privatwagen hat."

„Gute Arbeit! Bleib dran. Ich werde nachsehen, wie es Lillian geht, und dann werde ich Mr. Ruskin einen Besuch abstatten."

Im Krankenhaus wappnete sich Sara gegen die Gerüche und öffnete dann die Tür. Sie stellte sich einem neuen Typen vor, der vor Lillians Zimmer saß – Officer Williams. Er teilte ihr mit, dass in den nächsten 24 Stunden jemand dort sein würde, bis Lillian entlassen wird.

10

Lillians Hände waren verkrampft, und ihr einziger gesunder Fuß wippte unter der Bettdecke. Sie hatte Angst... richtig Angst, wie sie sie noch nie zuvor gehabt hatte. Diesmal hatte tatsächlich jemand versucht, sie umzubringen. Irgendein Verrückter, den sie noch nie zuvor gesehen hatte, hatte versucht, sie von einer Überführung zu drängen.

Sie wollte weinen. Sie lag hier in einem Zimmer im Barstow Surgical mit nur einem Fuß, weil ihre Prothese zu verbogen zum Tragen war. Sie konnte also nicht weglaufen, wenn sie es müsste. Sie konnte kaum hüpfen. Als ob Hüpfen funktionieren würde, wenn sie sich schnell bewegen müsste.

Sie hatte keine einzige Waffe – sie hatten beide in einem Safe eingeschlossen. All diese Waffen in ihrem Haus – sie brauchte sie, wenn ihre Prothese ab war. Wie jetzt – sie brauchte sie.

Sie hatte keine der Sicherheitsvorrichtungen, die sie zu Hause schützten. Ja, es stand ein Polizist vor ihrer Tür, aber sie kannte ihn nicht. Sie wusste nicht, wie gut er war. Oder wie engagiert.

Sie lag einfach nur da – wie ein Opferlamm, ausgestreckt und wartend. Konnte nicht laufen. Konnte nicht einmal gehen. Nichts zum Schießen.

Sie war hilflos.

Als Sara in ihr Zimmer kam, machte Lillian ihrem Ärger Luft.

„Ich kann nicht mal ohne Krücken aufs Klo gehen."

Sie zeigte auf ihre Prothese, die auf einem Stuhl neben ihrem Bett lag. „Das Ding muss repariert werden. Ich gebe niemandem die Codes für mein Haus, um meine andere zu holen. Mein Nacken tut weh. Sie wollen mich bis morgen hier behalten. Jemand versucht, mich umzubringen, und ich weiß nicht warum. Ich möchte schreien!" Sie schloss die Augen.

Sara hob die Augenbrauen. „Aber abgesehen davon ist jeder Tag ein Ausflug ins Disneyland – stimmt's?"

Was? Lillians Augen flogen auf. Sie holte Luft. Sie öffnete den Mund. Schließlich schloss sie ihn wieder. Ein wehmütiges Lächeln erschien.

„Tut mir leid. Ich fühle mich hier gefangen und hilflos, und das sind Reizthemen für mich. Wenn ich nicht wütend werde, fange ich an zu weinen."

Sara ging zum Bett und tätschelte Lillians Schulter.

„Es wird alles gut", sagte Sara. „Ich fahre zu deinem Haus und hole dir die andere Prothese. Und..." Sara beugte sich vor und flüsterte in Lillians Ohr: „Wir haben den Kerl gefunden, der dich angefahren hat. Kennst du einen Clyde Ruskin?"

Lillian schüttelte den Kopf. „Nie gehört."

Sara nickte. „Sag es noch nicht den Bullen. Ich werde zuerst ein kleines Gespräch mit ihm führen, weil er für jemand anderen arbeitet. Wir müssen herausfinden, für wen."

Sara richtete sich auf. „Geht's dir besser?"

„Ja."

„Keine Sorge – du hast das Bein in spätestens einer Stunde. Und ich komme morgen früh vorbei, um dich aus diesem Ort zu holen und nach Hause zu bringen. Bis dahin wird ein Polizist vor deiner Tür stehen. Okay?"

Lillians Augen glänzten. „Ich werde brav sein."

Sara drehte sich zum Gehen, hörte aber, wie Lillian ihr hinterherrief: „Solange ich morgen zu Hause bin."

Sara grinste.

11

Sara saß in ihrem Truck und beobachtete Ruskins Haus. Es war solide Mittelklasse, wie sein Auto, aber vernachlässigt. Der überwucherte, verunkrautete Garten und ein paar Stellen abblätternder Farbe ließen es aussehen, als gehöre es einem Typen, dem es nur ums Saufen und Vögeln ging – der aber etwas mehr Kohle hatte als üblich für diesen Schlag.

Sie hatte den Ort bereits durchsucht und so gut wie nichts gefunden. Es gab zwei Quittungen für seine Hausmiete – 1.075 Dollar im Monat. Kein Adressbuch. Keine Gehaltsabrechnungen. Keine Kopien von eingereichten Steuererklärungen.

Sara seufzte. Sie hasste es, vor leeren Häusern zu parken. Zu warten. Sie entwickelte eine geringe Langeweile-Schwelle. Das war ihr im letzten Jahr aufgefallen. Wahrscheinlich hing es mit ihrer Verwandlung zusammen, denn zuvor war sie zehn Jahre lang glücklich allein in einer Hütte in Colorado gewesen.

Sie rief Mason an. „Kannst du mir eine Schule finden, die Fahren für Leibwächter unterrichtet? Aggressives Training – Fahren, während Leute auf dich schießen?"

„Ich sehe mal, was ich finden kann. Klingt interessant."

„Wenn du magst, könnten wir es beide machen."

„Vielleicht. Ich lass es dich wissen."

Sara runzelte die Stirn. „Ich bin mir unsicher wegen der anderen Sache, die ich brauche. Idealerweise würde ich gerne einen pensionierten Top-Tier-Spezialeinheiten-Typen finden, der mich trainiert. Aber ich sehe so viele Probleme dabei."

„Ja. Jeder, der dich im Nahkampf trainiert... Du müsstest deine volle Kraft einsetzen, und er würde merken, dass etwas nicht stimmt. Wärst du so stark wie er – oder stärker?"

„Ich weiß es nicht. Ich bin stärker als jeder Mann, dem ich bisher begegnet bin. Aber so jemand? In Höchstform? Ich habe keine Ahnung.... Und ich mache mir Sorgen, dass das genau der falsche Typ wäre, um herauszufinden, was ich bin."

Mason lachte, ein tiefes, vergnügtes Lachen. „Du sitzt vor Ruskins Haus, oder? Stirbst vor Langeweile. Du rufst mich immer mit seltsamen Fragen an, wenn du irgendeinen leeren Ort beobachtest."

Sara lächelte. „Ich hasse es wirklich. Es fühlt sich an, als würde ich hier sitzen und nichts tun, um den Fall zu lösen. Ich bin so gelangweilt, dass ich mir sogar einbilde, jemand würde mich beobachten."

Sara sah sich zum hundertsten Mal um und sah wieder niemanden. Vielleicht waren sie unsichtbar?

Masons Stimme kam aus dem Telefon. „Eine Überwachung zu machen ist besser als in einem Job zu arbeiten. Die Drecksarbeit für irgendeinen Chef zu machen."

„Mason, ich bin ziemlich sicher, dass das nicht unsere einzige alternative Beschäftigung ist."

„Na ja, nicht für mich. *Jeder* hätte Glück, mich einzustellen. Aber du? Was könntest du überhaupt in einen Lebenslauf schreiben? Wolfstrainerin? Selbstjustiz-Kämpferin?"

„Ha ha", sagte Sara. „Es ist nur... Ruskin kauft wahrscheinlich gerade Socken oder sowas Blödes, während ich hier sitze."

Aber Clyde Ruskin kaufte keine Socken.

In diesem Moment – um 11:30 Uhr – betrat er das Barstow Surgical Hospital mit einem großen Blumenstrauß in den Händen.

12

Warren beobachtete die Frau – diese Sara Flores –, die in ihrem Truck saß und auf ihrem Handy telefonierte. Sie parkte vor Clydes armseligem Miethaus und beobachtete den Ort. Sie wartete auf Clyde.

Warren war eine Stunde früher für ein Treffen um 13 Uhr mit Clyde gekommen. Er musste früh da sein, um einige Beweise in Clydes Haus zu platzieren. Beweise für Clydes Faszination – nein, Besessenheit – von Lillian. Beweise, die zeigen würden, dass Clyde allein gehandelt hatte, als er versuchte, die Frau zu töten.

Aber er konnte nichts tun, solange diese Frau vor dem Haus parkte.

Warren beobachtete Sara vom Fenster eines ähnlich armseligen Hauses auf der gegenüberliegenden Straßenseite, zwei Häuser von Clydes entfernt. Sein Lexus war in der Garage dieses Hauses versteckt, außer Sichtweite.

Warren erinnerte sich nur zu gut daran, wie es war, in so einer Schachtel zu leben – identisch mit all den anderen in der Nachbarschaft. Er erinnerte sich an die Peinlichkeit. Den Gestank. Zu viele Menschen, zusammengepfercht in viel zu wenig Raum. Stinkende Babywindeln. Mütter, die ihre Kinder nach Hause riefen.

Und diese erbärmlichen kleinen Blumenkästen vor den Fenstern – als könnten ein paar Blumen ihr Leben weniger trostlos machen.

Er schauderte.

Warren hatte dieses Haus über einen Blind Trust gemietet, nachdem Clyde auf die andere Straßenseite gezogen war. Nur für den Fall, dass er den Jungen je im Auge behalten musste. Er dachte wie immer voraus. Immer zwei oder drei Schritte vor allen anderen. Das war der Grund, warum er jetzt in einer Villa für 5,4 Millionen Dollar lebte, und alle anderen, die er aus diesen Tagen kannte, in Bruchbuden wie dieser hausten.

Warren fragte sich, ob Clyde – endlich! – Bos hübsche kleine Witwe erledigt hatte. Oder hatte er es wieder vermasselt?

Der Junge war schon immer sowohl ein Gewinn als auch eine Belastung gewesen, doch sein Nutzen war nun auf Null gesunken – unabhängig davon, ob er diesmal Erfolg hatte oder nicht. Eigentlich sogar unter Null, jetzt, da Sara Flores ihn gefunden hatte. Clyde war die einzige Verbindung zu ihm selbst.

Aber... wie zum Teufel hatte Sara Flores Clyde gefunden? Der Truck, den Clyde für den Job gestohlen hatte, war innerhalb einer Stunde wieder von Hooters gestohlen worden. Warren hatte das überprüft.

Er zog sein Handy heraus und rief Radar an. Der Typ hieß eigentlich Jeff Sinkinson, aber Warren machte es Spaß, ihn Radar zu nennen, wie diesen Nerd aus MASH. Er war ein Typ aus Warrens Armeeeinheit im Wüstensturm. Ein Typ, der ihm viel schuldete, dass er nicht die letzten 14 Jahre in einer Zelle in Fort Carson verrottet war.

Warren hätte Radar nicht anzeigen können, ohne sich selbst zu entlarven. Warren wäre vielleicht damit durchgekommen – er hatte nur etwas Spaß gehabt. Zusätzliche Kriegsbeute obendrauf zu den finanziellen, die er gemacht hatte. Aber Radar war zu weit gegangen. Er hatte eine der Frauen getötet, dann eine weitere, als sie ihn wegen des ersten Mordes angriff. Ja, Radar zu schützen, war eine der vielen klugen Entscheidungen gewesen, die er im Irak getroffen hatte.

Radar war in Sicherheitssysteme eingebunden, wo immer Warren Interessen hatte. Eines dieser Systeme war die Tiefgarage, in der Warren seine beiden Lexus-Wagen aufbewahrte. Es war unwahrscheinlich, dass diese Frau auch nur den Hauch einer Ahnung davon bekommen hatte, dass er hinter Clyde steckte, aber...

Er *hatte* Clyde von Hooters abgeholt.

Er traute Clyde nicht zu, dass er nicht den Mund aufmachen würde, wenn jemand anderes ihn abgeholt hätte. Und er musste ihm seine nächsten Befehle persönlich geben. Aber indem er sich gegen eine Sache schützte, setzte er sich einer anderen aus.

Warren dachte über diese Sara Flores nach. Sie war attraktiv. Ihr zerzaustes dunkles Haar umrahmte ein fesselndes Gesicht. Aber sie warf viele Fragen auf. Eine Frau als Privatdetektivin war an sich schon ungewöhnlich. Es war ein noch ungewöhnlicherer Job für eine Frau, die noch nie zuvor gearbeitet hatte – zumindest soweit er herausfinden konnte. Hausfrau für fünf Jahre. Geschieden ohne Unterhalt. Lebte danach zehn Jahre lang sparsam in Colorado, von ihrem kleinen Erbe ihrer Mutter. Keinen Job, den er für sie dort oder hier finden konnte. Trotzdem lebte sie jetzt in einem besseren Haus. Nur ein Mittelklassehaus, kaum besser als Clydes. Aber sie hatte es bar bezahlt.

Sein Telefon klingelte. Radar hatte schlechte Nachrichten – er hatte sich das Video aus der Tiefgarage von letzter Nacht angesehen. Gegen vier Uhr morgens war ein Typ aus einem Auto gestiegen und hatte die Kennzeichen aller acht Lexus-Wagen aufgeschrieben, die in der Garage geparkt waren. Radar schickte ihm ein Foto und Warren erkannte einen örtlichen Privatdetektiv namens Joe Bob Rankin.

Das war sehr schlecht.

Warren sagte Radar, er solle einen Weg in Rankins System finden und herausfinden, wer ihn angeheuert hatte.

Vielleicht arbeitete diese Sara Flores für Rankin? Vielleicht hatte er sie als Geschäft aufgebaut, um einige seiner Drecksarbeiten zu erledigen?

Warren nickte. Diese Sara Flores musste verschwinden. Aber er würde zuerst mit ihr reden – sehen, ob Rankin involviert war. Vielleicht müsste Rankin auch gehen.

13

Lillian träumte von Bo. Sie war im Lazarett der Kampfunterstützung, nicht lange nach der Explosion, die ihr den Fuß genommen hatte. Sie erinnerte sich an das leichte, träge Streicheln des Morphiums - nichts war wichtig. Sie erinnerte sich daran, dass sie beschlossen hatte, wegzuschweben und zu sterben. Ihr Leben war vorbei, aber es war okay.

Aber da war Bo. Er hielt ihre Hand. Streichelte ihr Haar. Der große, kräftige, vor nichts Angst habende Bo mit Tränen, die über sein Gesicht liefen. Er sagte ihr, sie solle durchhalten. Weil sie ein wunderbares Leben vor sich hatte.

Lillian lächelte, ihr Herz erfüllt von Liebe, und griff nach Bo.

Ihre rechte Hand traf auf etwas Hartes. Sie hörte ein scharfes, geflüstertes „Scheiße!" und das Geräusch von zerbrechendem Glas.

Lillian öffnete die Augen.

Ein Mann stand neben ihrem Bett, aber es war nicht Bo. Dieser Kerl schaute auf den Boden.

Sein Kopf hob sich, und es war das Gesicht, das sie gesehen hatte, als der Lastwagen in sie hineinkrachte. Der Mann, der versucht hatte, sie zu töten. Sein Name war... Ruskin. Genau.

Ruskin – der versucht hatte, sie zu töten.

Er sah, dass sie wach war, und runzelte die Stirn – als wäre sie sein Feind. Als hätte *sie ihm* wehgetan.

Lillian öffnete den Mund, um zu schreien.

Der Mann streckte die Hände aus, packte ihren Hals mit beiden Händen und drückte zu.

Wo ist mein Polizist? Warum bin ich allein?

Aber sie war allein. Niemand, der sie retten konnte.

Lillian konnte nicht atmen.

Ihr wurde mit plötzlicher Klarheit bewusst, wie sehr sie leben wollte. Und... wie sehr sie diesen Wiesel verachtete. Aber er war ein Mann. Er war stärker als sie.

Lillians Arme zappelten. Ihre Hände fanden keine Waffe, die sie benutzen konnte. Sie schlug mit den Händen gegen seine Arme. Seine Brust.

Keine Chance.

Er beugte sich über sie auf dem Bett, also versuchte sie, seine Eier zu packen. Er drückte seinen Schritt fest gegen das Bett und blockierte sie.

Sie konnte nicht atmen. Lustige Punkte tanzten vor ihren Augen. Sie hämmerte mit den Händen gegen ihn, traf ihn überall. Wirkungslos.

Sie traf auf Metall an seiner rechten Seite und spürte eine Scheide – mit einem Messer darin.

Lillian packte das Messer und zog es heraus.

Sie stach ihm in die Seite – das Einzige, was sie erreichen konnte. Es traf seine Gürtelschnalle und rutschte ab. Es drang in ihn ein, aber nicht tief.

Ruskin zuckte zurück, ohne seinen Griff um ihren Hals zu lockern. Seine Bewegung zog Lillian in eine sitzende Position und warf ihre Decke zurück.

Er schmetterte ihren Oberkörper hart zurück aufs Bett, und Lillians Hand öffnete sich.

Sie verlor das Messer. Sie hörte es irgendwo gegen Metall klappern.

Verzweifelt tastete sie danach.

Er drückte noch fester zu.

Die Welt begann zu verschwimmen. Als würde sie in einem Morphium-Nebel davontreiben.

Nein!

Lillians Füße zitterten. Ihre Füße – beide.

Sie hatte ihre Ersatzprothese angelegt, nachdem Sara sie ihr gebracht hatte, und sie weigerte sich, sie wieder abzunehmen. Sie brauchte sie, um sich nicht so hilflos zu fühlen.

Der Prothesenmacher im Krankenhaus der Veteranenverwaltung hatte ihr den Aufbau ihres Fußes erklärt. Weiche Neopren-Zehen bedeckten einen Titanfuß.

Lillian erkannte, dass sie nur eine einzige Chance hatte, bevor sie das Bewusstsein verlor. Und dann sterben würde.

Sie wollte auf keinen Fall sterben.

Sie drehte ihren Körper auf die rechte Seite und zog ihren linken Fuß so hart hoch, wie sie konnte. Sie musste ihr Knie beugen, aber es gelang ihr, ihre Titanzehen hart gegen die rechte Seite seines Kopfes zu rammen. Direkt an der Schläfe.

Ruskin verlor seinen Griff und taumelte rückwärts. Seine Augen blinzelten, und er schüttelte den Kopf.

Luft! Süße, wunderbare Luft. Lillian sog sie in vollen Zügen ein.

Ruskin beugte sich vor und erbrach sich.

Buntes Erbrochenes ergoss sich über Lillians Brust und ihr Bett. Sie bemerkte den Gestank und das ekelhafte Aussehen - aber nur vage. Sie war viel mehr daran interessiert, so viel Luft wie möglich in ihre Lungen zu pressen.

Dann sah sie durch das Erbrochene hindurch das Messer. Es war zwischen die Matratze und den Bettrahmen gefallen.

Lillian griff danach, die Klinge ragte nach oben in ihrem Griff.

Ruskin schüttelte erneut den Kopf und stürzte sich auf sie – die Hände wieder auf ihren Hals gerichtet.

Als er sich ihr näherte, rammte Lillian die Klinge in seinen Bauch. Sie drehte das Messer in ihm, bewegte es hin und her.

Ruskin heulte auf und beugte sich nach vorn, Blut strömte über sie. Es vermischte sich mit dem Erbrochenen und bedeckte es schließlich.

Lillian zog es heraus und stach erneut zu, diesmal schnitt sie in seine Schulter.

Er stolperte zurück, die Hände immer noch seinen Bauch umklammernd.

Lillian schrie. Es war ein heiserer, seltsam klingender Schrei, aber er brachte zwei Leute dazu, in ihr Zimmer zu rennen.

Sie ließ das Messer los und fiel zurück auf ihr Bett, immer noch keuchend.

Aber sie lächelte auch.

Sie war *kein* Opfer. Sie war nicht hilflos. Sie hatte überwunden.

Und, du meine Güte, es fühlte sich gut an.

14

Warren beobachtete Sara Flores, die in ihrem Truck saß und einen Anruf auf ihrem Handy bekam. Das Gespräch war kurz und veranlasste sie dazu, den Motor zu starten und davonzufahren. In Eile.

Er brauchte keine übersinnlichen Fähigkeiten, um zu erraten, dass etwas im Krankenhaus passiert war. War es eine gute Nachricht – war Bos Frau endlich tot? Oder hatte sein wertloser Neffe wieder Mist gebaut? Und... war Clyde tot oder noch am Leben? Er rief Radar an und trug ihm auf, es herauszufinden.

So oder so war es an der Zeit, lose Enden zu beseitigen. Mit dem Zweitschlüssel, den er hatte anfertigen lassen – wieder einmal allen anderen einen Schritt voraus – verschaffte sich Warren Zugang zu Clydes Haus.

Seine dünnen Handschuhe sahen aus acht oder neun Metern Entfernung wie normale menschliche Hände aus, schützten ihn aber gut. Warren platzierte die Beweise, schloss dann wieder ab und kehrte zu seinem Beobachtungshaus zurück.

Radar rief mit guten und schlechten Nachrichten an. Die gute Nachricht war, dass Clyde tot war. Die schlechte – die Schlampe lebte noch.

Beide Frauen mussten schnell sterben.

Sara Flores wegen ihres Interesses an seinen Lexus-Wagen. Sie konnten nur zu seinen Scheinfirmen führen, aber es war trotzdem viel zu nah.

Lillian, weil sie es verdient hatte. Sie hätte ihr Geschäft an ihn verkaufen sollen.

Würde Bo Lillian von ihm erzählt haben? Vielleicht eine lustige Geschichte über eine Frau – Janice –, die Warren für Bo verlassen hatte? Die Frau, die Bo dann für Lillian aufgegeben hatte? Würde er Lillian von dem Streit erzählen, den Warren mit ihm deswegen angefangen hatte? Würde er ihr von dem Glückstreffer erzählen, mit dem er Warren zu Boden geschickt hatte?

Warrens Blutdruck schoss in die Höhe. Er biss die Zähne zusammen und schmeckte den bitteren Eisengeschmack von Blut, wo er sich in die Wange gebissen hatte. Er knirschte mit den Zähnen.

Warren vergaß die sehr wenigen Menschen nicht, die ihn übertrumpft hatten. Sie saßen in seinem Magen und schwärten, bis er sie zur Rechenschaft zog. Deshalb versuchte er immer, sich schnell zu rächen – denn dann konnte er sie vergessen. Völlig. Rechnung beglichen.

Aber alles war auf einmal passiert. Die Beleidigung. Bos Glückstreffer. Diese unangenehme Sache mit Radar. Das Ende des Golfkriegs. Sein Geld zurück in die Staaten zu bringen. Ein Geschäft zu gründen.

Bo war seiner Aufmerksamkeit entgangen. Der einzige Mann, den Warren nicht hatte bezahlen lassen.

Vor zwei Monaten erfuhr er – fast zufällig –, dass Janice gestorben war. Er konnte sich nicht erinnern, warum. Es interessierte ihn nicht. Er hatte nach Bo nichts mehr mit ihr zu tun gehabt. Er nahm keine Reste.

Erst ihr Tod erinnerte ihn an den einen Mann, der davongekommen war. Der sich herausstellte, seit Jahren – glücklich – genau hier in Warrens Stadt zu leben. Schlimmer noch – Warren konnte ihn nicht zur Rechenschaft ziehen, weil der Arsch bereits tot war.

Dann hatte er sich daran erinnert, wie verrückt Bo nach Lillian gewesen war. Ihr wie ein verliebter Welpe hinterhergelaufen. Ekelhaft verliebt.

Da war er der örtlichen Handelskammer beigetreten. Er hatte der Frau angeboten, sie auszukaufen, aber sie hatte abgelehnt. Dann dachte er, er könnte sie rausschrecken. Was auch nicht funktionierte – und was sie anscheinend zu dieser Sara Flores geschickt hatte.

Warrens Gehirn arbeitete auf Hochtouren. Beide Frauen mussten sterben, und Clyde musste der Sündenbock sein. Aber Clyde war nur dafür präpariert, hinter Lillian her zu sein. Und Clyde war jetzt tot – daher unfähig, einen neuen Angriff zu starten.

Aber... Clyde könnte einen Reserveplan gehabt haben – für den Fall, dass er im Krankenhaus scheiterte. Es könnte funktionieren – solange niemand herausfand, dass Clyde zu dumm für einen Reserveplan war.

Sprengstoff könnte funktionieren. Clyde könnte ihn so eingestellt haben, dass er hochging, wenn Lillian ihr Haus betrat und... irgendetwas tat.

Er könnte es so einrichten, dass er beide Frauen erwischte. Was für ein Leibwächter würde nicht mit Lillian ins Haus gehen? Aber... nichts, was hochgehen würde, wenn sie das Haus durchsuchte, bevor sie Lillian reinließ.

Vielleicht... vielleicht sollte es hochgehen, wenn jemand... ja. Das könnte funktionieren. Und es würde funktionieren, ob es später heute oder in zwei Tagen passierte.

Warren stieg in seinen Lexus und fuhr zu einer seiner Lagereinheiten.

15

Sara beugte sich über das Krankenhausbett und umarmte Lillian herzlich.

„Toll gemacht, Lillian. Ich bin sehr stolz auf dich."

Lillian grinste, schüttelte aber verwundert den Kopf. Sie hatte einen kleinen Spiegel auf ihrer Brust liegen und zeigte ihn Sara. „Ich schaue mir immer wieder die Blutergüsse an meinem Hals an. Es ist halb erschreckend und halb wie ein Ehrenabzeichen."

„Einen körperlichen Kampf zu gewinnen, ist ein Rausch", stimmte Sara zu. „Besonders für Frauen, da wir es nicht erwarten. Es ist köstlich, oder? Aber... gewöhn dich nicht zu sehr an das Adrenalin und such keine Kämpfe. Okay?"

Lillian lachte.

„Hey", sagte Lillian. „Was ist mit Jerry passiert, dem Polizisten, der mein Zimmer bewacht hat? Sie wollen mir nichts sagen."

„Er wurde mit einer großen Dosis Meth injiziert - so wie Ruskin es für dich geplant hatte. Jerry lebt noch, aber sie machen sich Sorgen um Herz- und Hirnschäden."

„Das ist ja schrecklich!"

Sara nickte. „Und sie konnten ihn noch nicht fragen, wie Ruskin nah genug herankam, um es ihm zu verabreichen."

„Ich muss hier raus", sagte Lillian. „Ich habe die Kameras überprüft, die Bo installiert hat. Niemand war in meinem Haus."

Lillian schob Sara ein iPad zu. „Siehst du?"

Sara rief die aufgezeichneten Videos auf und betrachtete die aktiven Ansichten. „Lass mich meinen Technik-Experten prüfen, ob niemand an diesem Konto Änderungen vorgenommen hat."

Nach einem Okay von Mason stimmte Sara zu, dass Lillian sich selbst aus dem Krankenhaus entlassen konnte.

Lillian wartete im obligatorischen Rollstuhl drinnen, während Sara ihren Truck auf etwaige Sprengsätze überprüfte, die möglicherweise hinzugefügt worden waren, während sie bei Lillian war.

„Ich verstehe das nicht", sagte Lillian, während sie sich auf dem Beifahrersitz anschnallte. „Ruskin ist tot. Er hätte nichts an deinem Truck machen können."

„Ruskin war nicht der Urheber dieser Angriffe auf dich - er war nur der Muskelprotz."

16

Es wurde dunkel, aber Sara wollte nicht, dass Lillian ungeschützt im Truck saß. Sie konnte sie aber auch nicht ins Haus bringen. Nicht, bevor es überprüft war.

Dieser Personenschutz funktionierte nicht besonders gut, wenn man alleine war. Sie hatte mal ein Gerücht gehört, dass Mark Zuckerberg 16 Leibwächter hatte und jährlich 27 Millionen Dollar für Sicherheit ausgab. Sie hatte gedacht, es wäre ein Witz. Oder ein Zeichen für ein aufgeblasenes Ego. Aber vielleicht war er einfach nur schlau.

Sie brauchte ein Vorabteam, um das Haus zu überprüfen, während sie beim Klienten blieb.

Stattdessen, weil sie allein war, parkte sie ihren Truck direkt vor Lillians weißen Garagentoren. Sie benutzte Lillians Garagentoröffner, den sie aus ihrem Jeep gerettet hatte. Dann durchsuchte sie Lillians Garage, einschließlich der nervigen Klappleiter zum Dachboden.

Sara öffnete die Tür zur Küche und überprüfte sie. Als alles sicher war, ging sie zurück in die Garage und bedeutete Lillian, in die Garage zu fahren und das Tor zu schließen.

Lillian blieb im Truck, während Sara das Haus überprüfte. Aber das Durchsuchen der leeren Räume beruhigte ihre Nerven nicht. Es hätte das eigentlich tun sollen.

Lillian ging direkt unter die Dusche, die lief und lief, als wolle sie jeden Tropfen heißes Wasser aufsaugen. Sara lief durchs Haus, von einem Zimmer ins andere, bis sie merkte, dass sie auf und ab lief. Ihre Nackenhaare stellten sich auf und sie wusste nicht, warum. Sie hatte das ganze Haus durchsucht und niemand war da. Die Schlösser und die Alarmanlage waren aktiviert.

Schließlich rief sie Mason an.

„Ich weiß, du hast es vor ein paar Stunden überprüft, aber könntest du noch mal nachsehen?", fragte sie. „Fang mit allem an, was nach deinem letzten Blick passiert ist."

„Klar", sagte er. „Aber wenn dein Spürsinn sagt, dass es ein Problem gibt, solltest du vielleicht sofort abhauen.

„Ich spüre nichts... Es ist nur so, dass meine Haut juckt. Und ich laufe auf und ab. Ich kann mich nicht zum Hinsetzen zwingen."

„Ich sage, verschwinde jetzt sofort. Warum das Risiko eingehen?"

„Es ist nicht wie sonst, wenn ich Gefahr gespürt habe. Ich fühle mich einfach nur unwohl. Bitte sieh dir die letzten paar Stunden an und melde dich dann bei mir."

„Sara..."

Lillian kam ins Wohnzimmer, eingewickelt in einen dicken Frottee-Bademantel mit einem Handtuch um ihre Haare.

„Es gibt nichts Besseres", sagte sie, „als eine lächerlich lange Dusche im eigenen Badezimmer."

Sara lächelte sie an.

„Bitte, Mason", sagte sie ins Telefon. „Ruf mich zurück." Sie legte auf und steckte das Telefon in ihre Tasche.

„Ich habe Hunger auf richtiges Essen", sagte Lillian. „Lass uns mal sehen, was ich kochen kann."

Sara ging mit Lillian in die Küche. Sie fand sich direkt neben Lillian wieder, als ob sie in der Öffentlichkeit wären und sie sie bewachen würde. Sie musste in der Nähe bleiben. Um zu beschützen.

Sie gingen gemeinsam zum Kühlschrank, und Lillian streckte die Hand nach dem Griff aus.

Saras Nase fing ein paar verbliebene Moleküle eines Geruchs auf - Sprengstoff!

Lillian zog am Griff.

Sara packte sie und warf sie beide weit quer durch den Raum und zu Boden, hinter die Kücheninsel. Sie landete auf Lillian und bedeckte sie so gut sie konnte. Ihr Rücken war zum Kühlschrank gerichtet.

Es gab einen Knall, der den Raum erschütterte, und ein Feuerball loderte auf, der alles in seinem Weg versengte. Er zerstörte die Kücheninsel und schleuderte augenblicklich Asche durch den Raum.

Dann, so schnell wie er begonnen hatte, zog sich der Feuerball in das zurück, was vom Kühlschrank übrig geblieben war, und schien zu erlöschen.

Es herrschte Stille.

17

Lillian erwachte und fand sich auf dem Boden ihrer Küche gefangen. Ein Wasserhahn von ihrer Kücheninsel lag in einer blauen Pfütze aus geschmolzenem Zeug. Die Küchengardinen fingen Feuer.

Sie geriet in Panik, schob das Gewicht, das sie festhielt, von sich und kroch zu dem unberührten Schrank neben der Tür, wo sie den Feuerlöscher aufbewahrte. Sie richtete ihn auf die Vorhänge und löschte das Feuer, dann suchte sie schnell nach weiteren Flammen. Der Raum war heiß wie eine Sauna, aber sie sah keine weiteren Flammen.

Auf dem Boden lag ein großer Klumpen, den sie beiseitegeschoben hatte, um sich zu bewegen. Ihr Gehirn brauchte einen Moment, um die Form als die einer Frau zu erkennen. Sie lag auf dem Bauch – ihr Rücken ein blutiges Durcheinander.

Dann kehrte die Erinnerung zurück. Der Kampf ums Überleben. Die Rückkehr nach Hause. Sara.

Oh nein, Sara!

Sie rutschte zu Sara und hielt inne, aus Angst, sie zu berühren.

„Sara? Sara?"

Sie hatte Angst, sie zu schütteln, um sie aufzuwecken. Aber... was wenn... Lillian rückte näher und legte ihre Finger an Saras Hals. Sie seufzte fast vor Erleichterung, als sie einen Puls spürte.

Sie sah keine Atembewegungen bei Sara, also befeuchtete sie ihren Zeigefinger mit dem Mund und hielt ihn zwischen Saras Mund und Nase. Weitere Erleichterung, als die Kühle von Saras Atem über ihren Finger strich.

Ein Telefon. Sie musste einen Krankenwagen rufen!

Lillian sah sich um. Wo hatte sie ihr Handy hingelegt?

Dann begann ein Telefon zu klingeln. Direkt im Raum. Irgendwo an Saras Körper. Lillian erinnerte sich, wo sie Sara ihr Handy hatte einstecken sehen, und bewegte ihren Körper gerade genug, um in Saras Hemdtasche zu greifen. Sie zog das Telefon heraus und drückte auf den „Annehmen"-Knopf.

Eine männliche Stimme schrie durch das Telefon: „Hau sofort ab! Ein Mann war in der..."

Lillian unterbrach ihn: „Leg auf. Ich muss einen Krankenwagen rufen."

„Nein!", sagte die Stimme. „Ist das Lillian? Ist Sara verletzt?"

„Es war eine Bombe im Kühlschrank."

„Hör mir genau zu, Lillian. Wenn dir Sara auch nur ein bisschen am Herzen liegt, wirst du KEINEN Krankenwagen rufen."

„Sie ist verletzt!"

„Ich bin ihr Partner. Mein Name ist Mason. Hat sie einen Puls? Atmet sie?"

„Ja."

„Kannst du die Kamera des Handys benutzen, um sie mir zu zeigen?"

Lillian tat es.

„Ich sehe kein Blut außer an ihrem Rücken. Stimmt das?"

„Ihr Rücken sieht schrecklich aus!"

„Das kann ich sehen, aber gibt es noch mehr Blut?"

„Das ist alles, was ich sehe."

„Lillian, schau aufs Handy und drück den Knopf für FaceTime. Damit wir uns sehen können. Saras Leben hängt jetzt davon ab, dass du mir zuhörst."

Lillian schaltete den Videoanruf ein. Sie sah einen gutaussehenden jungen Mann mit indianischen Zügen und langen braunen Haaren, die nach hinten gebunden waren. Er sah sehr ernst aus.

Sie sah sich im Haus um. Es fiel ihr schwer, sich zu konzentrieren.

„Lillian!", schrie der Mann sie an. Sie wandte sich wieder dem Handy zu.

„Konzentrier dich, Lillian", sagte er. „Sara kann das leicht überleben – sie hat unglaubliche Heilungsfähigkeiten. Was sie nicht überleben kann, ist ein Krankenhaus. Wie laut war die Explosion? Haben deine Nachbarn wahrscheinlich die Polizei gerufen? Werden Leute kommen?"

„Ich weiß nicht. Wahrscheinlich. Was spielt das für eine Rolle?"

„Weil sie sie ins Krankenhaus bringen würden. Sara hat Geheimnisse, die in einem Krankenhaus aufgedeckt würden. Das würde ihr Leben ruinieren."

„Was meinst du damit? Hier ist ihr Leben in Gefahr!"

„Ja, ihr Leben *ist* in Gefahr – aber nicht wegen ihrer Verletzungen. Ich werde dir alles erklären, aber zuerst musst du sie da rausholen. Bring sie irgendwie in ein Auto und fahr weg. Sofort."

Lillian schüttelte den Kopf. „Ich kenne dich nicht. Aber ich kenne mich mit Traumata aus, wenn ich sie sehe."

„Du kennst mich *doch*. Ich bin ihr Technikexperte. Wir arbeiten seit zwei Jahren zusammen. Wir haben an deinem Fall gearbeitet. Ich habe Sara kennengelernt, als sie mich vor Leuten gerettet hat, die mich umbringen wollten – so wie sie versucht hat, dich zu retten. Jetzt müssen wir sie retten."

„Du redest Unsinn. Ich rufe einen Krankenwagen."

„Nur wenn du sie umbringen willst." Der Mann – Mason – rieb sich übers Gesicht. „Lass mich dir eine Frage stellen. Dann kannst du tun, was du für richtig hältst."

„Was?"

„Du besitzt den Schießstand, wo sie trainiert hat, richtig? Ich bin sicher, sie hat versucht, es zu verbergen, aber hast du sie je in Aktion auf dem Schießstand gesehen? Hast du?"

Lillian wollte es abstreiten – seine Kunden auszuspionieren war nicht höflich. Aber... „Ja, zweimal. Das erste Mal war ich neugierig, wie gut sie ist, da sie nie Zielscheiben zurückließ. Das zweite Mal...“

„Das zweite Mal“, sagte Mason, „wolltest du dich vergewissern, dass du wirklich gesehen hast, was du beim ersten Mal gesehen hast. Stimmt's?“

Lillian schwieg.

„Hast du je einen Menschen gesehen, der sich so schnell bewegt? So schnell und stark und präzise? Das ist doch gar nicht möglich, oder?“

Weiteres Schweigen.

„Ich werde dir alles erzählen – oder sie wird es tun. Aber wenn du sie retten willst, musst du sie sofort aus dem Haus bringen. Fahr irgendwohin in der Nähe – wo niemand ist und keine Kameras sind. Dann ruf mich zurück.“

Stille.

„JETZT, Lillian. Sonst werden sie und ich dir das nie verzeihen!“

Lillian legte auf und steckte das Handy in ihre Handtasche. Dann griff sie unter Sara und zog sie auf die Füße.

Sie machte sich Sorgen, dass sie Sara würde schleifen müssen, aber die Frau bewegte ihre Füße, um zu helfen. Sara lief, irgendwie, obwohl ihr Kopf auf Lillians Schulter ruhte und Lillian sie stützen musste. Sie lief... obwohl sie bewusstlos war.

„Lillian Knudsen, du bist verrückt“, sagte sie laut zu sich selbst, während sie Sara eilig zu Saras Truck brachte. „Das ist das Dümmste, was du je getan hast...“

Aber in ihrem Kopf sah sie Sara schießen. Sara stand mit dem Rücken zum Ziel, die Waffe in einem Halfter unter ihrem T-Shirt versteckt. Dann, blitzschnell, fast zu schnell, um es zu sehen, drehte sich Sara um, zog die Waffe, zielte - und das Ziel hatte einen weiteren Schuss ins Schwarze.

Immer und immer wieder. Linke Hand. Rechte Hand. Verschiedene Holster-Positionen. Es war wie ein Film – auf doppelte Geschwindigkeit gestellt. Schneller als möglich.

Lillian wusste plötzlich, was zu tun war.

Sie legte Sara quer über den Beifahrersitz, setzte sich hinters

Steuer und fuhr los. Das nahegelegene Mercy Redeemer Krankenhaus hatte einen großen Überlaufparkplatz, der normalerweise verlassen war.

Sie würde dorthin fahren und diesen Mason anrufen. Wenn ihr nicht gefiel, was er sagte, wäre Sara in der Nähe von echter Hilfe.

18

———

„Sag mir, warum ich sie nicht ins Krankenhaus bringen soll", sagte Lillian am Telefon zu Mason. Sie hatte Saras Truck so weit wie möglich vom Krankenhaus und von einer Sicherheitsbeleuchtung entfernt auf dem Parkplatz des Krankenhauses geparkt.

Die Sicherheitsbeleuchtung war stärker, als sie sich erinnerte, als sie zuvor hier gewesen war. Sie hatte in ihrem Auto auf diesem Parkplatz gesessen und geweint, nachdem sie für Bo ein tapferes Gesicht aufgesetzt hatte. Ein paar Wochen bevor er in diesem Krankenhaus starb.

Zumindest gab es mit den Lichtern kein Problem, Sara zu sehen.

Sie hatte auf „Zuletzt" auf dem Telefon gedrückt, und „Wo bist du?" war das Erste, was sie Mason sagen hörte.

„Auf dem Parkplatz des Mercy Redeemer Krankenhauses - vielleicht 150 Meter vom Eingang entfernt. So weit von den Sicherheitsbeleuchtungen entfernt, wie ich konnte."

„Nein, nein", sagte Mason. „Die müssen da draußen Kameras haben. Ist es dort dunkel?"

„Es ist dunkel, und ich bewege mich nicht. Und wenn du mir nicht schnell einen Grund nennst, warum nicht, bringe ich sie ins Krankenhaus."

„Okay, okay... gibt es eine Decke im Auto?"

Lillian sah sich um. „Ich sehe keine. Ich bin in Saras Truck."

„Okay", sagte Mason. „Sie bewahrt Vorräte in der großen Werkzeugkiste auf der Ladefläche auf. Nimm ihre Schlüssel und hol eine Decke da raus. Keine durchsichtige Plane. Eine richtige Decke. Und mach so schnell du kannst, Lillian. Jetzt!"

Kopfschüttelnd legte sie das Telefon weg, stieg aus, kletterte auf die Ladefläche und öffnete die Kiste. Sie wurde abgelenkt, als sie Handschellen, eine Schachtel mit Spritzen und eine Menge getrocknetes Fleisch sah. Aber sie fand eine Decke und kehrte ins Führerhaus zurück.

Lillian nahm das Telefon und sagte: „Jetzt sag es mir. Oder sonst."

Auf seiner Seite des Telefons fuhr Mason mit den Händen über seine Augen und durch sein Haar. *Wie zum Teufel hatte er...*

„Okay", sagte Mason. „Ich werde dir etwas Unmögliches sagen. Aber ich möchte, dass du dir vorstellst, wie Sara auf dem Schießstand diese unmöglichen Schüsse macht. Okay? Ich meine, wenn etwas Unmögliches wahr sein kann, dann können andere unmögliche Dinge auch wahr sein. Okay?"

„Hör auf zu zögern."

„Okay. Jede Sekunde jetzt wird Sara anfangen, sich selbst zu heilen. Sie kann das, und sie wird wie neu sein. Aber... es ist die Art, wie sie es macht. Sie muss ihren Körper verändern. Ziemlich ernsthaft. Wenn sie anfängt, wirf die Decke über sie. Wenn eine Kamera das sieht, wird Sara verschwinden müssen. Die Regierung wird hinter ihr her sein."

„Du redest Unsinn."

Sara stöhnte.

„Sara! Oh mein Gott! Bist du in Ordnung?" Sie legte eine Hand auf Saras Schulter.

Sara stöhnte erneut.

Lillian schaute überrascht auf ihre Hand. Saras Schulter war normal, als sie sie zuerst berührte, aber jetzt... sie musste gebrochen sein. Der Knochen *bewegte* sich irgendwie.

Sara schrie.

Lillian erinnerte sich an das Telefon. Mason hatte gequasselt, aber sie hatte nicht aufgepasst.

„Mason...", begann Lillian.

Mason unterbrach sie. „Sara wird sich in einen Wolf verwandeln", sagte er. „Hörst du mich?"

„Was? Sie hat Schmerzen."

„Die Schmerzen werden nur eine Minute dauern. Sie verwandelt sich in einen Wolf."

Lillian schüttelte den Kopf am Telefon.

Masons Stimme wurde lauter. „Hör mir zu. Du bist in KEINER Gefahr. Sie verwandelt sich in einen Wolf. Das passiert die ganze Zeit. Es ist normal für sie. Ihr Wolf wird dir nicht wehtun. Sie hat die Kontrolle darüber."

Das ist lächerlich, dachte Lillian. Und das mochte es sein, aber es war auch... es passierte wirklich. Eine von Saras Händen hatte sich in eine Pfote verwandelt. Ihr Gesicht... bewegte sich tatsächlich. Es wurde länger.

In Lillians Ohr war Lärm, und sie konzentrierte sich. Mason schrie sie an, Sara mit der Decke zuzudecken. Er sagte, sie dürfe so nicht gesehen werden.

Lillian nahm die Decke und bemerkte, dass ihre Hände zitterten. Sie warf sie über... Sara?

Die Decke bedeckte sie, was Lillian als gut erkannte. Notwendig. Aber... die Decke bewegte sich weiter, während darunter mehr passierte.

Lillian konnte nicht anders. Sie hob den Rand der Decke an, um zu sehen. Sie hatte bei Autounfällen immer weggeschaut, aber das hier... Sie konnte nicht aufhören zu schauen.

Saras Mund öffnete sich, um wieder zu schreien, aber diesmal kam kein Ton heraus. Das war noch erschreckender.

Ihre Augen... Saras Augen hatten immer diese goldenen Töne im Braun gehabt - wie Goldflecken. Aber jetzt wurden die Flecken flüssig. Sie dehnten sich aus. Flossen ineinander, bis ihre gesamten Iris golden waren. Und sie wuchsen weiter, bis sie den größten Teil ihrer Augen bedeckten. Wolfsaugen.

Saras Körper zuckte. Lillian konnte sehen, wie ihr Rücken

knackte und ihre Wirbelsäule ihre Krümmung umkehrte. Ihre Kleidung riss ab, und Fell... oh mein... echtes Fell zeigte sich durch die Risse.

Lillian schüttelte den Kopf, als die Bewegung plötzlich aufhörte. Ein vollständig ausgebildeter Wolf mit fesselnden goldenen Augen starrte Lillian direkt an. Sie war größer als jeder Hund, den Lillian je gesehen hatte, mit rötlichem Fell, das das grundlegende Grau hervorhob. Das Fell war voll und glänzend.

Aber die Augen... das waren *keine* Hundeaugen.

Gänsehaut breitete sich auf Lillians Haut aus, zusammen mit einer atavistischen Angst, die den Menschen seit der Höhlenzeit anerzogen war - entwickelt, um Menschen beim Überleben zu helfen. Ihr Herz klopfte.

Vielleicht sollte sie so schnell wie möglich weglaufen?

Der Wolf drehte seinen Kopf und schaute auf die Decke, die Sara bedeckte. Dann legte er seinen Kopf schief und sah Lillian an.

Lillian lachte. Es klang seltsam, fast hysterisch, aber... dieser Wolf hatte sie gerade gefragt, warum sie sich unter einer Decke versteckte. Fragte sie so deutlich, als hätte er gesprochen.

„Äh... kannst du mich verstehen?", fragte Lillian.

Der Wolf nickte mit dem Kopf.

Lillian lachte wieder. Und lachte weiter.

Ich kann mit Tieren sprechen!

Es war so lustig. Es war hysterisch. Lillian fürchtete plötzlich, dass sie nicht aufhören konnte zu lachen.

Der Wolf legte eine Pfote auf Lillians Schulter. Lillians Lachen verstummte augenblicklich. Okay, das hatte sie ernüchtert.

„Geht es dir gut?", fragte Lillian den Wolf. „Dein Rücken war ganz zerfetzt. Von der Bombe."

Der Wolf blickte nach oben, als würde er nachdenken. Dann nickte er.

Lillian streckte die Hand nach Sara aus, hielt dann aber inne. „Darf ich nachsehen?"

Der Wolf nickte.

Lillian fuhr mit der Hand über den Rücken des Wolfes. Es war weiches, seidiges Fell ohne Wunde. Kein Blut.

„Es ist ein Wunder", sagte sie.

Der Wolf blickte wieder zur Decke hoch und legte dann den Kopf schräg, als er Lillian ansah.

„Oh. Entschuldigung. Wir stehen auf dem Krankenhausparkplatz, und Mason meinte, ich soll dich zudecken, weil hier draußen Kameras sind."

„Mason!" Lillian tastete herum und fand das Handy auf dem Sitz, wo sie es fallen gelassen hatte.

„Mason, Sara geht es gut. Sie ist... sie ist wunderschön."

„Ja, das ist sie." Es war ein Geräusch zu hören, das fast wie ein Schluchzen klang.

„Bist du..."

Mason unterbrach sie. Er klang rau. „Deck sie mit der Decke zu. Geh zurück zur Werkzeugkiste und hol ein paar trockene Pakete mit Lachs oder Fleisch und Kleidung für sie. Sie muss essen, um sich wieder zu verwandeln. Und sie wird Kleidung brauchen."

„Soll ich das Handy in ihre Nähe legen, damit du mit ihr sprechen kannst?"

„Sie hat alles gehört, was wir gesagt haben. Wolfsohren sind viel besser als menschliche Ohren."

„Oh. Natürlich." Lillian legte das Handy auf den Sitz und ging zurück zur Ladefläche des Trucks.

„Bist du da, Sara?", fragte das Handy.

Sara winselte.

„Du hast mir einen Heidenschreck eingejagt", sagte Mason. „Du musst damit aufhören. Wir werden später darüber reden, aber ich fange an, die Idee zu mögen, dass du dir einen Typ von den Spezialkräften als Backup suchst, wenn du es brauchst."

Sara gab ein tiefes, drohendes Knurren von sich.

„Vergiss die Attitude", sagte er. „Ich habe immer das letzte Wort, wenn du in Wolfsgestalt bist. Und übrigens, Lillian nimmt das alles ziemlich gut auf, findest du nicht?"

Sara schnaubte.

19

Sara ließ sich auf ein beige-orange gestreiftes Sofa plumpsen, rieb sich mit den Handflächen die Augen und atmete aus.

Sie und Lillian hatten sich gestern spät in dieser 2-Zimmer-Suite im Brentwood Suites Hotel in Tulsa eingecheckt, ein riesiges Abendessen vom Zimmerservice bestellt und bis spät in die Nacht über Werwölfe und Sara geredet. Dann waren sie beide für die wenigen verbleibenden Stunden bis zum Morgengrauen eingeschlafen. Lillian würde hier bleiben, bis ihr Haus repariert werden konnte. Sara blieb so lange, wie die Bedrohung gegen Lillian noch aktiv war.

Die Hotelkette bot vieles, was Sara wollte, einschließlich einer 2-Zimmer-Suite mit 2 Bädern für sie und Lillian und einem angrenzenden Zimmer, in dem Mason unterkommen konnte – der Mann wollte nicht auf Vernunft hören und sagte Sara klipp und klar, dass er persönlich da sein würde. Er wurde in ein paar Stunden erwartet.

Die Suite bot auch hundefreundliche Zimmer, sodass Sara Skidi zurückholen konnte. Ohne sie fehlte Sara ein Stück ihrer Seele.

Als zusätzlicher Bonus umgaben alle Zimmer einen Innenhof im Missionsstil, wo ein Wachmann alle Hotelbesucher im Auge behalten konnte – diejenigen, die am großen Brunnen saßen, diejenigen, die im WagonWheel Steak House & Bar aßen, und diejenigen, die einfach nur durchliefen.

Sara rieb sich die Augen und betrachtete erneut das scheußliche orange gestreifte Sofa, ganz zu schweigen von dem erbsengrünen Teppich im Zimmer.

Es war eine echte Suite, und es hieß, sie gehöre heimlich Hilton, aber die Polsterung der Möbel war sehr, sehr altmodisch. Trotzdem brachte sie das Sofa zum Lächeln. Sie erinnerte sich daran, wie sie mit ihrer Mutter auf so etwas gesessen hatte, jede in ihr eigenes Buch vertieft. Schöne Erinnerungen. Bittersüß.

Die Türklingel läutete, ohne dass vorher ein Anruf vom Hotel kam. Sie schaute durch den Türspion und war nicht überrascht, Lt. Rodriguez und einen anderen Polizisten zu sehen.

Rodriguez stellte Detective Jake Sloan, seinen Partner, vor. Er war groß, wo Rodriguez klein und jung war, im Gegensatz zu Rodriguez' ergrautem Tierarzt. Die vielen Sommersprossen in seinem Gesicht ließen ihn noch jünger aussehen, als er war. Lillian kam aus ihrem Zimmer herein und gesellte sich zu den beiden.

Rodriguez berichtete, dass die Bombenentschärfungseinheit nur die eine Bombe in Lillians Haus gefunden hatte – diejenige, die explodierte, als der Kühlschrank geöffnet wurde.

Ja, Sara und Lillian stimmten ihm zu. Sie hatten beide Glück, nicht einmal verletzt worden zu sein. Ja, erstaunliches Glück. Sie erklärten, dass sie sich hinter der Kücheninsel geduckt hatten, die sie wohl geschützt hatte, bevor sie zerfetzt wurde.

Sie übergaben den beiden Polizisten ein Video aus Lillians Sicherheitssystem. Es war das, wovor Mason sie hatte warnen wollen – leider zu spät. Es zeigte jemanden, der 45 Minuten vor Lillians und Saras Ankunft das Haus betrat.

Diese Person trug eine Tasche, die beim Hineingehen schwerer aussah als beim Herauskommen. Er oder sie trug einen Hut mit breiter Krempe, Lederhandschuhe und einen langen Regenmantel. Die einzige andere sichtbare Kleidung waren Jeans und Cowboystiefel – die sowohl von einem Mann als auch von einer Frau hätten getragen werden können.

„Es ist wahrscheinlich ein Mann", sagte Sara zu Rodriguez. „Wenn man ihn an der Tür betrachtet, ist er wahrscheinlich 1,75 bis 1,78 Meter groß, was eher auf einen Mann hindeutet. Die Größe seiner Hände macht mich noch sicherer. Ich vermute, es ist der Typ, der Clyde Ruskin angeheuert hat."

„Besteht die Möglichkeit, dass der Zeitstempel auf diesem Video falsch sein könnte?", fragte Rodriguez. Er griff in seine Jackentasche, zog eine Folienverpackung heraus, riss das Ende ab und steckte sich einen orangen Kreis in den Mund.

Sara neigte den Kopf, und Rodriguez blickte auf die zerknüllte Verpackung, die er in seine Tasche steckte.

„Tums", erklärte er.

Sara nickte, schüttelte dann aber den Kopf. „Ich weiß, es wäre einfacher, wenn Sie glauben könnten, dass Ruskin die Bombe platziert hat, bevor er Lillian im Krankenhaus angriff. Aber... erstens – der Zeitstempel dieses Systems war immer korrekt. Und zweitens – wenn Sie Ruskin so nachgeforscht hätten wie ich... der Mann war kein Mastermind. Sie könnten sogar sein Bild in einem Wörterbuch finden, das das Wort ›Handlanger‹ illustriert."

Wieder befragte Rodriguez sie beide nach möglichen Feinden, die Lillian haben könnte. Wieder gab Lillian ihm die gleichen Antworten, die sie zuerst Sara gegeben hatte.

Dann überraschten die Detektive beide.

„Kennen Sie einen Mann namens H.W. Caddel?"

Beide Frauen schauten ihn nur an.

„Er besitzt Sharp Shooters und einige andere Unternehmen", fügte Rodriguez hinzu.

„Warren Caddel?", fragte Lillian.

Rodriguez nickte.

„Sicher, ich kenne ihn. Wir sind beide Mitglieder der hiesigen Handelskammer."

„Wussten Sie, dass Clyde Ruskin sein Neffe ist?"

Sara und Lillian sahen sich an. Beide schüttelten den Kopf.

„Kannten Sie ihn, als Sie im Irak gedient haben?"

Lillian war überrascht. „Er war dort? Als ich dort war?"

Rodriguez nickte.

„Ich kann mich nicht an ihn erinnern."

„Hat Ihr Mann ihn jemals erwähnt?"

Lillian überlegte, schüttelte dann den Kopf. „Nein... nicht dass ich mich erinnern könnte."

„Als Sie Caddel in der Handelskammer trafen, haben Sie ihn Ihrem Mann gegenüber erwähnt?"

„Nein... Warren war nicht in der Handelskammer, als Bo und ich beide dort waren. Er trat nach Bos Tod bei."

Sara fragte: „Glauben Sie, er steckt dahinter?"

Rodriguez schüttelte den Kopf und schloss sein Notizbuch. „Wir verdächtigen im Moment jeden. Wenn Ihnen irgendetwas einfällt – über ihn oder jemand anderen – melden Sie sich bei mir."

Die Männer standen auf, und Sara begleitete sie zur Tür.

Rodriguez zögerte, dann bot er an: „Wir können einen Polizeibeamten hier bei Ihnen stationieren, wenn Sie möchten."

Sara sagte: „Wenn Sie einen unten in der Lobby platzieren wollen, gerne. Aber wir engagieren zwei Leibwächter für das Zimmer. Zwölf Stunden an und zwölf Stunden ab. Der erste Typ wird in einer Stunde hier sein."

Sara schüttelte ihre Hände. „Wir zählen darauf, dass Sie dies schnell lösen", sagte sie, während sie die Tür schloss und verriegelte.

Lillian hatte bereits zum Telefon gegriffen. Sie rief eine Veranstaltungsplanerin an, die sie in der Vergangenheit beauftragt hatte, Judy Street. Gestern Abend hatte sie die Frau engagiert, um die Reparatur ihres Hauses zu leiten. Lillian wollte, dass es genauso aussah wie vorher - so, wie Bo es für sie entworfen hatte. Außer, sagte sie Judy, würde ein Typ namens Mason Spencer sich um den Austausch der Sicherheitssysteme kümmern.

Judy hatte sich bereits ausgezahlt - sie war gestern Abend zum Haus gegangen und hatte die Polizei gezwungen, nach Paws zu suchen, Lillians schwarzer Katze. Die jetzt anscheinend wie eine Prinzessin in Judys Wohnung behandelt wurde, bis Lillian dieses Hotel verlassen konnte - das keine Katzen erlaubte.

Sara blickte zu Lillian, die am Telefon über Kücheninseln sprach, und lächelte. Gestern Abend hatte Lillian eine Menge Fragen über sie und Werwölfe gestellt und gesagt, dass sie wahrscheinlich noch mehr haben würde. Dann hatte sie es akzeptiert, als wäre es eine neue Frisur bei Sara, und lebte einfach weiter.

Diese Art von Akzeptanz fühlte sich irgendwie komisch an.

20

Das Telefon in der Hotelsuite klingelte. Es war die Rezeption, die ihr mitteilte, dass Mason eincheckte. Und ein Mann namens Bill Hanalho mit einem sehr großen Hund(?) sei da, um sie zu sehen.

Sara lächelte über das Zögern in der Stimme des Mannes, als er „Hund" sagte. Es gab etwas Wildes an Skidi, das andere innehalten ließ. Aber Bill hier? Und Mason? Zur gleichen Zeit? Nach all dem Ärger, den Mason ihr wegen Bill gemacht hatte?

Wo war Scotty, wenn man ihn brauchte, um einen wegzubeamen?

Es klingelte an der Tür. Sara schaute durch den Spion – und jawohl, da standen sie. Zusammen. Zwei lächerlich gutaussehende Männer.

Sie schüttelte den Kopf. Mason war genauso groß wie Bill, aber so dünn wie eine Bohnenstange, während Bill eher ... muskulös war.

Mason war jetzt ein erwachsener Mann. Doch für sie war er immer noch der Student, den sie damals kennengelernt hatte – auch wenn das längst nicht mehr seine Realität war. Sein halb-lupitisches Erbe war jetzt noch deutlicher zu erkennen, besonders neben dem reinblütigen Bill. Und natürlich runzelte Mason die Stirn – starrte Bill an. Genau das, was sie jetzt nicht gebrauchen konnte.

Zum Teufel mit den beiden - da war Skidi.

Sara öffnete die Tür, und Skidi rannte auf sie zu, sprang mit ihren Pfoten hoch auf Saras Schultern. Sara ließ sich von Skidis Kraft auf den Hintern werfen. Sie packte Skidi und rollte mit ihr auf dem Teppich, umarmte sie fest - was Skidi duldete. Dann bewegte sie ihren Kopf von einer Seite von Skidis Hals zur anderen in einer Andeutung von Spielbeißen - eine Begrüßung, die Skidi liebte. Und erwiderte.

Sara fragte sich, ob sie einfach weiter mit Skidi spielen und die Flutwelle an Testosteron ignorieren könnte, die mit den beiden Männern in den Raum geschwappt war. Wahrscheinlich nicht.

Sie blickte auf.

Bill und Mason ignorierten sie. Masons Stirnrunzeln war verschwunden, und sie unterhielten sich über ihre Eltern, Geschwister und Cousins - um herauszufinden, wo jeder in den Stamm passte. Schließlich schienen sie ihre jeweiligen Familien sortiert zu haben.

„Woher kennst du Sara?", fragte Bill ihn.

Es folgte ein schwangerer Moment der Stille, dann sagte Mason: „Wir arbeiten zusammen."

Es folgte eine längere Stille, während die beiden Männer sich ansahen. Dann blickte Bill zu Sara.

„Ja, er weiß es", sagte sie zu Bill. „Tatsächlich weiß es jede verdammte Person in diesem Raum. Ich bin offenbar miserabel darin, ein Geheimnis zu bewahren."

Bill wandte sich wieder Mason zu, und irgendein Blick ging zwischen ihnen hin und her. Es war ein Blick, den Sara nie verstehen würde.

Männer. Manchmal sind sie Menschen wie Frauen, und andere Male...

„Nun", sagte Bill. „Skidi ist abgeliefert, und ich muss los." Er wandte sich Mason zu und bot ihm seine Hand an. „Schön, dich kennenzulernen."

„Ganz meinerseits", sagte Mason und schüttelte seine Hand. Sie gaben sich noch einen dieser Nur-für-Männer-Blicke, und Sara spürte, wie Kopfschmerzen aufkamen.

Als sich die Tür schloss, ging Sara zum Minikühlschrank und holte sich eine Diet Coke, in der Hoffnung, das Koffein würde den

Schmerz lindern. Mason war ihr gefolgt, also hielt sie die Tür offen - und zeigte ihm, dass er auch mit seiner Diet Mt. Dew bestückt war.

Mason nickte und lächelte. Sie reichte ihm eine.

Er hatte zwei große Rollkoffer dabei. Mason sagte: „Lass mich die hier abstellen, dann können wir reden. Ich muss die Verbindungstür von hier aus öffnen."

Mason ging zu einer verschlossenen Tür im Wohnzimmer, drehte den Riegel auf und öffnete die Tür zu seinem angrenzenden Zimmer. Er nahm die Koffer mit hinein, zog eine Jacke aus und kam zurück, während er die Diet Mt. Dew öffnete.

„Nur eine Sekunde", sagte Lillian in ihr Telefon. Sie ging auf Mason zu. „Ich bin so, so froh, dich persönlich kennenzulernen."

Mason lächelte, und Lillian öffnete ihre Arme und schlang sie um ihn. „Danke", sagte sie in sein Ohr. „Danke."

„Du warst sehr mutig", sagte er zu ihr.

„Wir reden später mehr", sagte sie und wandte sich wieder ihrem Telefon zu. „Judy?", sagte sie hinein. „Der Mann, der die Sicherheit für das Haus übernehmen wird, ist gerade angekommen. Ich bringe euch zwei zusammen, sobald wir fertig sind. Also... über die Küche..."

Mason nahm Saras Hand und führte sie quer durch den Raum zu dem hässlichen gestreiften Sofa.

„Setz dich", sagte er. „Erzähl mir, wie es dir geht."

Sara setzte sich. „Erzähl du mir von den Leibwächtern, die du angeheuert hast."

„Sie kommen von hier und haben ausgezeichnete Bewertungen. Ein Typ vom Reservat arbeitet für sie und meint, sie seien die Besten in der Stadt. Es ist AAA Protective Services – sie haben acht Männer und eine Frau, die auf Vertragsbasis arbeiten.

Jeden Moment wird ein Typ namens Kip Tarber hier eintreffen, und in zwölf Stunden kommt Connor Rockwood, um die Nachtschicht zu übernehmen."

„Ist einer von ihnen dein Freund?"

„Nein, der ist gerade bei einem anderen Auftrag außerhalb der Stadt."

Sara blickte weg und dachte nach.

Mason sagte: „Wenn du einen oder beide nicht magst, können wir sie ersetzen. Es wird deine Entscheidung sein."

Als sie nicht antwortete, sagte er: „Sara?"

Sie drehte sich zu ihm um. „Es ist in Ordnung. Danke, dass du das organisiert hast. Es ist nur..."

„Nur was?"

„Als ich damit anfing, war es nur etwas Persönliches. Etwas, zu dem ich mich gezwungen fühlte. Eine Möglichkeit, dieses außergewöhnliche Geschenk zurückzuzahlen. Und dann kamst du dazu."

Sara nahm Masons Hand. „Aber es war immer noch persönlich. Wir beide gegen die Bösewichte der Welt."

„Aber jetzt... jetzt entwickelt es sich zu einem Unternehmen, nicht wahr? Ich meine, wir haben Subunternehmer. Wir brauchen Logistik und Schulungen. Vielleicht sogar Büroleiter. Wir brauchen sogar Steuerberater, ich meine, *wirklich!*"

Mason lächelte. „Du dachtest, deine Privatdetektiv-Lizenz wäre eine Tarnung. Aber du wirst zu einer echten."

„Nicht nur ich", sagte sie. „Du bietest Beratung für Sicherheitssysteme an. Wir werden zu einem Komplettanbieter für Sicherheitsbedürfnisse."

„Ist das schlecht?"

„Nein... ich weiß nicht. Ein Teil von mir mag es. Aber es ist nicht das, was ich geplant hatte."

„Und... ich bin mir nicht sicher, ob es klug ist, all das um ein sehr großes Geheimnis herum aufzubauen. Ich hatte immer vor zu verschwinden, wenn die falschen Leute von meiner Fähigkeit erfahren würden. Ich dachte, ich würde unter dem Radar bleiben."

„Vielleicht steht das ganz oben auf unserer Liste - dir eine kugelsichere alternative Identität zu verschaffen, von der sonst niemand weiß."

„Du brauchst auch eine", sagte Sara. „Und das würde mich etwas beruhigen", fügte sie hinzu. „Aber... je mehr Leute wir hinzufügen, desto mehr Menschen bringen wir in Gefahr. Wenn jemand entschlossen ist, mich zu finden, könnten diese Leute -

dich eingeschlossen - bedroht werden. Als Geiseln genommen werden."

„Aber... lass uns das für einen anderen Tag aufheben", sagte sie. „Bald. Es muss bald sein. Aber jetzt müssen wir diesen Kerl finden, der versucht, Lillian umzubringen."

Mason setzte sich aufrechter hin. „Ich habe einen Namen für ihn."

„Ist es Warren Caddel?"

Masons Gesicht fiel in sich zusammen, und Sara zuckte zusammen. Sie hätte ihm seinen großen Moment lassen sollen.

„Die Polizei hat ihn im Visier", sagte sie. „Anscheinend war er mit Bo und Lillian im Golfkrieg, obwohl sie ihn dort nie kennengelernt hat."

„Die Polizei. Das macht die Sache schwieriger."

„Lass uns Optimisten sein. Vielleicht erledigen sie meinen Job für mich und stecken ihn hinter Gitter."

„Klar", sagte Mason. „Es muss zumindest *möglich* sein."

Sara lachte. „Du bist zu jung, um so zynisch zu sein."

21

Warren Caddel ließ die beiden Detektive 15 Minuten warten, bevor seine alte Sekretärin Margaret sie in sein Büro führte.

Warren schmunzelte in sich hinein, als sich die Augenbrauen des jüngeren Polizisten vor Verwunderung kräuselten, als sie den Raum verließ. Er fragte sich wahrscheinlich, warum jemand so Reiches wie er kein heißes junges Ding zu seiner Verfügung hatte. Tatsächlich hatte Warren mehrere heiße junge Dinger zu seiner Verfügung. Aber er war verdammt nochmal nicht dumm genug, eine von ihnen in die Nähe seiner Geschäfte zu lassen.

Der ältere hispanische Polizist musterte stattdessen den Raum.

Es war durchaus sehenswert. Da war die hochwertige Einrichtung - und dann die Größe. Es war 4,5 Meter breit und 9 Meter lang. Besucher brauchten Wanderschuhe, um zu seinem Schreibtisch zu gelangen. Auf diesem Weg würden sie an zwei beiläufig offenen Türen vorbeikommen. Eine zeigte seinen voll ausgestatteten Fitnessraum und die andere sein privates Badezimmer mit Dusche.

Die Detectives Alberto Rodriguez und Jake Sloan stellten sich vor. Warren wies sie an, sich auf die Stühle vor seinem Schreibtisch zu setzen. Sobald sie Platz genommen hatten, befanden sich die Detectives in einer unterlegenen Position. Warrens Schreibtisch war

15 Zentimeter höher als normal, und die versteckte Plattform für seinen Stuhl war ebenfalls 15 Zentimeter erhöht.

Warren wollte, dass das Endergebnis effektiv war, ohne sofort offensichtlich zu sein.

„Großes Büro haben Sie hier", sagte Rodriguez.

Hmmm, dachte Warren. „Groß." Nicht „schön".

„Ich schätze schon", sagte Warren achselzuckend. „Ich mag Ellbogenfreiheit. Also, was kann ich für Sie tun?"

„Wir sind wegen Ihres Neffen hier, Clyde Ruskin."

„Ich stehe immer noch unter Schock wegen ihm", sagte Warren und schüttelte ungläubig den Kopf. „Ich dachte, der Junge wäre einfach nur ein fauler Nichtsnutz. Ich habe ihn nie als gewalttätig gesehen. Nun ja... abgesehen von der gelegentlichen Kneipenschlägerei."

„Er hat für Sie gearbeitet?"

„Oh nein." Warren lachte. „Wir haben ihn bezahlt, aber er hat nicht für uns gearbeitet."

Rodriguez neigte den Kopf.

„Mein Bruder - Clydes Vater - wusste, dass sein Kind ein Versager war. Er ließ mich vor seinem Tod versprechen, dass ich mich finanziell um Clyde kümmern würde. Sicherstellen, dass er das Nötigste hatte - Essen, Miete. Solche Dinge."

„Sehr großzügig von Ihnen", sagte Rodriguez.

„Ich komme ganz gut zurecht", sagte Warren und winkte in Richtung des Büros. „Ich kann es mir leisten. Clyde bekam - oder bekam wohl - 2.500 Dollar jeden Monat. Ich betrachtete es als Taschengeld, nicht als Lohn. Im Gegenzug sollte er *nicht* im Büro auftauchen."

„Sie haben keine Anzeichen von Problemen bei ihm bemerkt?", fragte Sloan.

„Detective, ich hatte ihn seit Ewigkeiten nicht gesehen. Wir hatten keine gemeinsamen Interessen oder bewegten uns in denselben Kreisen. Ich habe keine Ahnung, was er so trieb."

Rodriguez notierte etwas in seinem Notizbuch, dann blickte er auf und fragte: „In welcher Beziehung stehen Sie zu Lillian Knudsen?"

„Wir sind beide in der Handelskammer von Tulsa. Ich habe sie beim letzten Mittagessen gesehen - vielleicht vor zwei oder drei Wochen."

„Wussten Sie, dass sie direkt nach diesem Treffen auf dem Parkplatz von einem Lastwagen angefahren wurde?"

Warrens Augen weiteten sich. „Nein. Ich hoffe, sie wurde nicht verletzt?"

„Wo sind Sie nach dem Treffen hingegangen?"

Warrens Augen verengten sich. „Sie fischen in sehr falschen Gewässern, Detective."

Er starrte Rodriguez an. „Ich habe das Convention Center erst gegen 14:30 Uhr oder 15 Uhr verlassen. Ich geriet in ein langes Gespräch mit Rodney Watson - er besitzt Watsons Antiquitäten - und wir verloren die Zeit aus den Augen."

Rodriguez schrieb in sein Notizbuch. Dann sagte er: „Sie haben Lillian nie im Irak getroffen? Im Golfkrieg?"

„Sie war dort?"

Rodriguez nickte.

Caddel schüttelte den Kopf. „Es gab mehr als eine halbe Million Soldaten im Golfkrieg."

„Sie unterstützte die 24. Division, der Sie, glaube ich, zugeteilt waren?"

„Erstaunlich", sagte Caddel. „Ich werde mit ihr darüber sprechen müssen. Aber nein, ich habe sie nie gesehen. Und ich hätte es bemerkt, wenn ich es getan hätte. Die Frauen dort fielen unter all den Männern auf."

„Wann haben Sie Bo Knudsen kennengelernt, ihren Ehemann?"

„Ich habe ihn nie kennengelernt. War er auch dort? In der 24.? Detective, wir hatten über 25.000 Mann in dieser Division. Aber... vielleicht habe ich ihn getroffen, ohne seinen Namen zu erfahren. Haben Sie ein Bild von ihm?"

Rodriguez zeigte ein Foto auf seinem Handy und reichte es Caddel, der es studierte - und dann den Kopf schüttelte.

„Tut mir leid, ich erinnere mich auch nicht an sein Gesicht."

„Also", sagte Rodriguez, „wo waren Sie am Mittwoch, vor fünf Tagen? Zwischen 17:30 und 20 Uhr?"

„Warum dann?" Warrens Augen verengten sich. „Ist das, als die Bombe in ihrem Haus hochging? Detective!"

„Wir müssen jeden fragen."

Warren hob die Hände in einer 'Ich ergebe mich'-Geste. „Nein, nein, Sie machen nur Ihren Job. Es ist nur verdammt beleidigend, dass Sie überhaupt denken würden, ich könnte der kleinen Dame etwas antun."

Er zog sein Handy heraus. „Lassen Sie mich meinen Kalender überprüfen." Warren scrollte durch ein paar Bildschirme. „Hier haben wir's. Ich hatte ein Treffen mit meinem Sicherheitschef - Jeff Sinkinson - genau hier. Hatte ein Treffen um 17:30 Uhr, aber es zog sich in die Länge, also bestellten wir Essen."

„Danke, Sir. Wir werden natürlich mit ihm sprechen müssen."

„Natürlich. Wenn Sie Ihre Fragen hier gestellt haben, kann ich meine Sekretärin bitten, Sie jetzt zu ihm zu bringen."

„Wir sind für den Moment fertig."

SPÄTER, in ihrem zivilen Dienstwagen, wandte sich Sloan an Rodriguez. „Also... Caddels Alibi ist ein gut bezahlter Angestellter."

„Du hast Sinkinson nicht geglaubt?", fragte Rodriguez lächelnd. Er zog eine weitere Folienpackung mit Antazida-Tabletten aus seiner Tasche und riss sie auf. Er verzog das Gesicht, als er zwei grüne darin entdeckte. Er warf sie in den Aschenbecher und holte eine neue – diesmal gelb, Gott sei Dank – und warf sich eine in den Mund.

Sloan schüttelte den Kopf und blickte auf den Aschenbecher, der nun mit mehreren grünen Tabletten gefüllt war. „Sinkinson war wegen irgendetwas nervös. Er lügt wahrscheinlich für seinen Chef. Aber ich würde nicht mein Haus darauf verwetten."

„Worauf würdest du denn dein Haus verwetten?", fragte Rodriguez.

„Dass Caddel Bo kannte – und sie keine Kumpel waren."

Rodriguez nickte. „Er war darauf vorbereitet. Er kontrollierte sein Gesicht sorgfältig, als er das Bild von Bo ansah. Aber seine Augen..."

„Oh ja."

„Seltsam, dass er so lange gewartet hat, um etwas zu unternehmen."

„Wir brauchen einen besseren Einblick in seine Armeeakten. Und in Sinkinsons. Ich wette, er war mit Caddel bei der Armee."

„Sei vorsichtig. Caddel und der Staatsanwalt sind beste Golfkumpel."

Sloan sah ihn an, eine Augenbraue hochgezogen.

„Wir müssen vorsichtig sein; das ist alles, was ich sage. Alle Ducks in einer Reihe."

Sloan verzog den Mund. „Wenn Caddel die Bombe gelegt hat, glaubst du, er wäre dumm genug, es nochmal zu versuchen?"

„In diesen Augen lag eine Menge Hass."

22

E s war jetzt der siebte Tag ihrer Hotelgefangenschaft, und Sara war kurz davor loszuschreien. Sie war sich nicht sicher, ob sie dann überhaupt aufhören könnte.

Das orangefarbene Sofa und der erbsengrüne Teppich, die sie anfangs an die 60er Jahre und ihre Mutter erinnert hatten, sahen jetzt aus wie die Einrichtung im Wartezimmer der Hölle. Sie erinnerten sie an brennende Feuer, Übelkeit und Kotze.

Sie vermisste ihr Haus, den Fluss, der daran vorbeifloss, und vor allem vermisste sie es, völlig, glückselig *allein* zu sein.

Mason, der Verräter, war vor drei Tagen in sein Zuhause in Pennsylvania zurückgekehrt. Sie war noch nie so neidisch auf jemanden gewesen wie in dem Moment, als sie zusah, wie er seinen Koffer zur Tür hinausrollte.

Sie konnte ihren Knast verlassen – zumindest vorübergehend. Sie und Skidi gingen mindestens zweimal am Tag laufen. Die Bodyguards, die Mason angeheuert hatte, bewährten sich. Sie vertraute ihnen genug, um für ein oder zwei Stunden wegzugehen. Immerhin etwas.

Der Typ für den Tag war ein großer, glatzköpfiger ehemaliger Defensive End der Oklahoma University, der zum Militäroperator und dann zum Bodyguard geworden war. Er hieß Kip Tarber, war Ende 40 und launisch. Abwesend. Aber auch wachsam.

Der Nachttyp war Conor Rockwood, ein Junge aus Tennessee mit den Überresten eines südlichen Dialekts. Er schien Ende 40 zu sein, mit rotblondem Haar und einem ordentlich gestutzten Bart. Sara machte es Spaß, sich vorzustellen, wie er in seinen Tagen bei den Special Forces ausgesehen hatte – mit wildem und verfilztem Bart. Sie vermutete, dass er damals sehr wie ein Filmwerwolf ausgesehen hatte.

Die Spezialkräfte in Zivil waren ganz anders, als sie erwartet hatte. Sie sahen fett aus in ihren weiten Jeans und Hemden. Die Art von Typen, die man in einem Geschäft für große Größen erwarten würde.

Aber Junge, sie waren *nicht* dick. Letzte Nacht hatte Sara Conor in einem T-Shirt am Waschbecken gesehen, wie er sich Wasser ins Gesicht warf. Sie erstarrte für einen Moment, bevor sie schnell wieder in ihr Zimmer flüchtete. Sie befürchtete, ihr Mund könnte offen gestanden haben.

Lillian hatte gelacht, als sie es erwähnte.

„Vielleicht solltest du ihn flachlegen", sagte sie.

Sara muss geschockt ausgesehen haben, denn Lillian fügte hinzu: „Er ist Single. Kip nicht, aber Conor schon."

Sara schüttelte den Kopf. „Nein, danke."

Lillian neigte den Kopf. „Vielleicht magst du eher den Typen, der Skidi zurückgebracht hat? Ich hätte fast einen elektrischen Schlag von der Luft um euch beide herum bekommen."

„Nicht jeder hat so rosige Erinnerungen an die Liebe wie du, Lillian." Sara drehte sich um, um zurück in ihr Zimmer zu gehen.

„Du bekommst diese Erinnerungen nicht, indem du dich versteckst."

Sara blieb stehen. Sie drehte sich um und starrte Lillian wortlos an.

Lillian hob kapitulierend die Hände.

Mit leiser Stimme sagte Sara: „Ich habe mich einmal verliebt, und es war der größte Fehler meines Lebens. Vielleicht versuche ich es irgendwann wieder, aber sicher nicht jetzt."

Sie ging in ihr Zimmer und schloss die Tür, vorsichtig darauf bedacht, sie nicht zuzuschlagen. Sie lehnte sich gegen die Tür und atmete tief durch. Das Zimmer fühlte sich wie ein Käfig an. Als würde es sich um sie zusammenziehen. Sie musste durch die Wildnis rennen. Mit Skidi. Mit voller Geschwindigkeit, die Zungen weit, weit herausgestreckt, um die Hitze der hart arbeitenden Muskeln abzukühlen.

Kip und Conor ließen ihr beide die Haut kribbeln, so überwachsam waren sie.

Kip war der Schlimmste, weil er den ganzen Tag da war. Sie würde ein Buch lesen und nur die Augen heben – wohlgemerkt, nur die Augen –, um zu sehen, wo er war, und er würde sich umdrehen, um sie anzusehen. Jedes Mal.

Was Conor betraf, so würde sie mitten in der Nacht aufwachen und leise zur Tür schleichen. Egal wie leise sie war, in dem Moment, in dem sie ins Wohnzimmer schaute, würde er sie direkt ansehen. Verbrachte er die ganze Nacht damit, auf ihre Tür zu starren? Oder war er so empfindlich gegenüber Augen, die ihn anstarrten?

Es war, als würde sie mit zwei Wölfen leben, beide außerhalb ihres Rudels. Wölfe, die vorerst mit ihrem Rudel kooperierten, die angeblich auf ihrer Seite waren. Aber Wölfe, denen sie nie vollständig vertrauen konnte – für den Fall, dass sie hungrig würden und die Seiten wechselten.

Sara war es gewohnt, das oberste Raubtier in jedem Raum zu sein. Sich wohl zu fühlen. Sie grinste.

Okay, gib's zu, sagte sie zu sich selbst. *Seit deiner Verwandlung warst du immer der „Alpha-Hund".*

Jetzt lebte sie Tag und Nacht mit zwei Männern zusammen, die sich beide selbst als Alpha-Hunde betrachteten.

Amüsanterweise machte sie die beiden genauso nervös, wie diese sie machten. Conor hatte sie mehr als einmal gefragt, ob sie Polizistin gewesen sei. Beide verfolgten sie mit ihren Blicken, als müssten sie in jedem Moment wissen, wo sie war. Manchmal wirkten sie verwirrt. Wahrscheinlich fragten sie sich, warum sie ihre Bedrohungsinstinkte auslöste, obwohl sie doch so offensichtlich *keine* Bedrohung darstellte.

Sie grinste noch breiter.

Dann hörte sie die Musik von „Every Breath You Take" von The Police. Es war der Klingelton ihres sicheren Telefons – das, welches sie mit Mason benutzte, wenn es missionskritisch war, dass niemand sonst ihr Gespräch hören konnte. Mason fand den Song angesichts seiner Überwachung für sie lustig. Und das war er auch – ein bisschen. Aber es war immer noch ein Stalker-Song.

Sie zog das Telefon aus ihrer Tasche.

„Großartige Neuigkeiten!", sagte er ihr. „Es gibt eine Abhörvorrichtung an deinem Handy."

23

Sara sah auf ihr Handy.

„Dieses hier?"

„Natürlich nicht." Mason war beleidigt. „Niemand könnte in dieses Handy eindringen. Stellst du meine Fähigkeiten schon wieder in Frage?"

Sara lächelte. „Na ja, wenn du so gut bist, wie konnte dann jemand mein anderes Handy anzapfen?"

„Sara, Sara, was würdest du nur ohne mich tun? Dein anderes Handy ist unser Frühwarnsystem. Wir mögen es, wenn andere es anzapfen. Es lässt uns wissen, was sie vorhaben – und es gibt uns einen Weg in ihre Systeme."

Sara verdrehte die Augen. Skidi kam ins Zimmer und an ihre Seite. Sara schmiegte ihren Kopf an sie.

„Okay, Yoda", sagte sie, „was hast du herausgefunden?"

„Sie wollen genau wissen, wo du bist, wenn du nicht im Hotel bist."

„Woher weißt du das?"

„Wir haben das GPS auf deinem Handy deaktiviert, erinnerst du dich? Nun... es wurde aus der Ferne wieder aktiviert."

Skidi rollte sich auf den Rücken, und Sara kraulte ihr den Bauch.

„Du vermutest, dass es Caddel ist?", fragte sie.

„Nun... ich kann es nicht direkt zurückverfolgen. Sein IT-Typ ist sehr, sehr gut. Glücklicherweise für dich bin ich besser."

„Ich bin ja so glücklich", stimmte Sara zu.

„Aber wenn es nicht irgendein anderer wirklich reicher Typ ist, der dich unbedingt finden will, können wir sicher davon ausgehen, dass er es ist."

„Könnte er immer noch planen, mich und Lillian umzubringen? Während die Polizei gegen ihn ermittelt? Ist er dumm?"

„Nicht dumm. Aber offenbar hochmotiviert."

„Aber warum?"

Lillian steckte ihren Kopf ins Zimmer. „Ich bestelle Pizza. Willst du auch was?"

Sara schüttelte den Kopf und wandte sich ab.

Mason sagte: „Ich habe in Desert-Storm-Veteranengruppen gepostet. Ein Typ sagt, es gab böses Blut zwischen Bo und Warren. Er sagte, Bo hätte Warren eine Frau ausgespannt. Nicht Lillian – das war, bevor sie ankam."

„Lebt die Frau noch?"

„Sie starb vor zwei Monaten. Ein natürlicher Tod – ich habe es doppelt überprüft. Sie hatte SCAD – einen Riss in einem Blutgefäß im Herzen. Anscheinend ist das ein wenig bekannter Killer von jungen Frauen."

„Ich kann mir nicht vorstellen, dass Warren wegen irgendeiner Frau tötet. Aber... ich kann mir vorstellen, dass er einen Mann tötet, der ihn beleidigt hat."

„Du hast die Wahl", sagte Mason. „Willst du ein oder zwei Monate in diesem Hotel bleiben, während die Bullen ermitteln und nichts finden? Oder willst du rausgehen und ihn dich angreifen lassen?"

Sara grinste. „Du kennst mich zu gut. Ich nehme an, du hast schon eine Idee?"

„Ja, die habe ich. Hier ist, was ich mir überlege." Und Mason erzählte es ihr.

24

Warren Caddel legte den Hörer auf und streckte sich an seinem Schreibtisch aus. Die Anrufe waren getätigt und beide Männer hatten ihre Aufträge. Diese nervtötende Flores und Bos ach so kostbare Frau sollten beide innerhalb von zwei Stunden tot sein. Noch vor Mitternacht.

Endlich würde er jede Spur zu sich kappen.

Er nahm sich einen Moment Zeit, um seine Hände flach auf das feine Mahagoniholz seines Schreibtisches zu legen und sich daran zu erinnern, wer er war. Wer er aus sich gemacht hatte. Wie weit er gekommen war. Er atmete tief ein und ließ die Luft langsam wieder entweichen.

Er öffnete seine Schreibtischschublade und zog zwei Ersatzmagazine für eine Glock 17 heraus, die er in eine eigens dafür vorgesehene Tasche in seiner Jacke steckte. Seit dem Golfkrieg bevorzugte Caddel die Glock-17-Ersatzmagazine für seine Glock 19, weil sie jeweils 17 statt der üblichen 15 Schuss fassten.

Er tätschelte seine Ersatzwaffe, eine 10-schüssige Glock 43, die in seinem rechten Lucchese-Stiefel steckte.

Er legte einen Gürtel an, der zwei kleine Holster an seinem Rücken hielt – eines für die linke Hand zugänglich, das andere für die rechte. In diese Holster lud er zwei Taser-Pulse-Pistolen, jede mit zwei Kartuschen.

Er grinste. 59 Schuss Munition plus vier Taser-Ladungen mitzubringen, um zwei Attentäter zu erledigen, war übertrieben. Aber Übertreibung war der Grund, warum er noch am Leben war.

Er hasste es, andere für die beiden großen Aufträge heute Nacht einzusetzen. Er erledigte Geschäfte lieber selbst. Aber... er brauchte ein hieb- und stichfestes Alibi, während die beiden Schlampen starben. Er musste draußen sein, wo jeder ihn sehen konnte.

Einer der Typen, die er einsetzte, Kip Tauber, war neu, aber hochmotiviert. Den anderen, Gage Bowen, hatte er schon früher benutzt. Schade, dass er keinen von beiden wieder einsetzen konnte, aber er musste alle Verbindungen von ihnen zu sich kappen.

Und... er konnte immer neue Killer finden.

Warren stand auf, überprüfte sich im bodenlangen Spiegel im Schrank und machte dann das Licht aus. Zeit, ein paar Kunden in der angesagtesten Kneipe der Stadt zu unterhalten. Danach würde er zum Absacker im Goldwell Business Hotel landen, von dem niemand wusste, dass es ihm gehörte.

Um ein wenig „Geschäfte" in seinem speziellen Konferenzraum zu erledigen.

25

Es war 22 Uhr, als Kip Tarber seinen letzten Anruf vom „Mann mit dem Geld" bekam. Der erste war vor zwei Tagen gewesen, als der Mann 20.000 Dollar für 10 Minuten seiner Zeit auf Kips Bankkonto eingezahlt hatte. Kip hatte zugehört – warum auch nicht?

Jetzt, um 22:30 Uhr, war er auf dem Dach des Brentwood Suites Hotels mit Ausrüstung, die es ihm ermöglichen würde, über den Rand zu schwingen und zwei Stockwerke tiefer auf den Balkon von Lillians Schlafzimmer zu gelangen.

Ein späterer Zeitpunkt wäre besser gewesen. Ein Uhr morgens war immer die beste Zeit, da waren die Leute am wenigsten effektiv. Aber der Anruf besagte, dass diese Frau Flores nicht mehr da war, also war jetzt der richtige Zeitpunkt. Es störte ihn nicht wirklich.

Die Außenbeleuchtung des Gebäudes reichte nicht bis zum Dach in zwölf Stockwerken Höhe, wo er sich befand. Ganz in Schwarz gekleidet, wäre er vom Boden aus fast unmöglich zu sehen. Ein Wind wehte und wirbelte den Schmutz auf dem Dach auf. Er hinterließ einen kreidigen Geschmack in seinem Hals, stellte aber kein Problem dar.

Nein, das Einzige, was ihn beunruhigte, war die Möglichkeit, dass er Connor Rockwood töten musste. Nicht, dass er ihn nicht töten könnte – das konnte er. Aber er würde es lieber nicht tun; Kameradschaftsgeist und so weiter. Sie hatten in den letzten Jahren bei ein paar Jobs zusammengearbeitet.

Er überprüfte noch einmal das Gerät, das man ihm gegeben hatte. Laut diesem befand sich Lillian Knudsen in ihrem Schlafzimmer, so wie sie es in der letzten Stunde getan hatte. Oder... zumindest ihr Handy, erinnerte er sich.

Aber er hatte sie jetzt eine Woche lang beobachtet. Sie ging nirgendwo ohne ihr Handy hin – selbst wenn sie nur etwas aus der Küche holte.

Er klopfte seine Taschen ab. Eine schallgedämpfte Pistole – für den Fall, dass sie ihn sah oder Connor etwas hörte. Und einen noch leiseren Würgedraht für ihren Hals – falls sie ihn nicht sah.

Eine Polizeisirene heulte unten auf, was ihn erschreckte. Sie begann mit voller Lautstärke und wurde dann leiser, als das Auto sich entfernte.

Muss wohl ein bisschen nervös sein.

Er holte zweimal tief Luft und atmete aus. Er mochte diesen Auftrag nicht. Er hatte nichts gegen diese Lillian-Frau, und er mochte Connor irgendwie.

Er wollte sie nicht töten. Oder ihn.

Aber... er musste das Geld *jetzt* verdienen, um seine Familie zu unterstützen. Er wusste nicht, wie viele Aufträge er noch bewältigen konnte. Seine Hände hatten angefangen zu zittern. Nicht die ganze Zeit, aber mindestens ein paar Mal pro Woche. Und wenn es passierte, konnte er es nicht stoppen. Es war vor zwei Wochen im Fitnessstudio passiert, als er 172 Kilogramm Bankdrücken machte. Seine rechte Hand fing an zu zittern, und er hätte die Stange fast auf sich fallen lassen – er schaffte es gerade noch, sie zurück auf die Ablage zu bringen.

Er ging zu einem Arzt, der ihn fragte, ob er auch einen Verlust des Geruchssinns, ruckartige Schlafbewegungen und Verstopfung hatte. Was der Fall war. Der Arzt vermutete Parkinson, das unheilbar war.

Er konnte für sich selbst sorgen. Wenn es zu schlimm würde, kannte er viele Möglichkeiten, es schnell zu beenden. Eine Kugel in den Kopf wäre am einfachsten, aber Selbstmord würde seine Lebensversicherung ungültig machen.

Es war alles so lächerlich – er war erst 42. Noch lächerlicher war es, Spezialeinsätze zu überleben, nur um daran zu sterben.

Das Problem waren Cynthia und der kleine Joey – die beide nicht von der Witwenrente seiner Militärpension und dem bescheidenen Betrag dieser Lebensversicherung leben konnten.

Dieser Job war 750.000 Dollar wert – die Hälfte davon lag bereits in Cynthias persönlichem Bankschließfach. Es würde ihnen ein gutes Stück weiterhelfen, ein besseres Leben ohne ihn zu führen.

Kip schüttelte den Kopf. Zeit für die Party.

26

Turkey Mountain war Saras Lieblingsplatz zum Joggen in Tulsa. Es hatte über 120 Hektar wildes Parkland mitten in der Stadt.

Es war 22:30 Uhr, als Sara auf einem großen Parkplatz eines medizinischen Gebäudes an der 71st Street parkte und dann den Platz überquerte, um den Park an der südlichsten Seite zu betreten. Wenn sie auf dem normalen Parkplatz parken würde, würde ihr Truck nach der Parkschließung um 23 Uhr Aufmerksamkeit erregen.

Der Rucksack auf ihren Schultern hätte die Leute mit seinem Inhalt überrascht - ihr kompromittiertes Handy, ein kompletter Satz Wechselkleidung, ein halbes Kilo Rindfleisch-Jerky, zwei Flaschen Wasser und zusätzliche Magazine für die Ruger LC9, die sie direkt über ihrem Bauch in einem elastischen Gürtelholster trug.

Sie vermisste Skidi - als Laufbegleitung und wegen seiner Nase. Laufen machte immer mehr Spaß mit ihrem Wolfshund, egal ob sie in Menschen- oder Wolfsgestalt war. Aber sie machte sich Sorgen, dass Caddel zuerst den Hund erschießen könnte, bevor er versuchte, mit ihr fertig zu werden.

In Menschengestalt war ihre Nase erbärmlich, aber immer noch um einige Stufen besser als die eines normalen Menschen. Deshalb machte sich Sara in schnellem Trab auf den Weg in den wildesten

Teil des Parks, den Nordwesten. Sie wollte sich bald in einen Wolf verwandeln, damit sie riechen konnte, wenn Gefahr drohte.

Sie joggte auf gepflasterten Wegen, verließ diese dann für Erd- und Schotterpfade und verließ schließlich auch diese, um sich in die Bäume und das Unterholz zu begeben.

Vor ihr lag der Geruch von zwei unbekannten Männern, aber mit ihnen kam der Geruch von Sperma und Schweiß. Sie eilte an ihnen vorbei und bemerkte, wie sie auseinandersprangen, als sie sie sahen.

Als sie so weit von den Wegen entfernt war, wie sie konnte, fand sie einen Baum mit einem Laubhaufen darunter. Sie rieb ihre Hand unter einer Achselhöhle und dann an dem Baum; der Geruch würde den Baum später sehr leicht auffindbar machen, selbst bei einem Lauf. Sie ließ ihren Rucksack dort unter Blättern zurück.

Sara nahm das Handy heraus und ging zu einem Teich etwa 40 Meter von ihrem Rucksack entfernt.

Sie legte das Handy auf einen kleinen Stein am Rand des Teichs, zog dann ihre Kleidung aus und legte sie neben das Handy.

Wenn sie sich doch nur tiefer in die Bäume begeben könnte, um sich zu verwandeln. Aber sobald sie in einer Wildnis ihre Schuhe auszog, hatte sie absolut keine Lust, barfuß über laubbedeckten Boden zu laufen. Er verbarg Steine, Wurzeln, Insekten, Schlangen und noch mehr Steine - all das, was nackten menschlichen Füßen wehtat.

Sie blickte nach oben und wünschte sich, es wäre Vollmond oder überhaupt irgendein Mond am Himmel. Aber es war kein Problem. Sie konnte sich auch ohne verwandeln. Es war nur... nachdem man sich einmal unter dem Mond verwandelt hatte, war alles andere enttäuschend.

Sara hatte viele Dinge ausprobiert, um sich von den Schmerzen der Verwandlung abzulenken. Sie waren so scharf und so qualvoll, dass sie sich jedes Mal schwor, es nie wieder zu tun. Aber nichts funktionierte.

Was der Ablenkung am nächsten kam, war, sich nicht auf *ihre* Verwandlung zu konzentrieren, sondern auf die der Welt. Sie stellte sich vor, wie die Welt sich öffnete, sie umarmte und all ihre Geheimnisse preisgab. Nach und nach wurden die Geräusche und

Gerüche stärker und stärker, bis die Welt selbst zu einer Symphonie wurde. Die Erde, das Wasser, all die Insekten und Tiere, die die Erde beherbergte - ihre Geräusche und Düfte verstärkten sich, bis sie überwältigt, ja sogar schwindelig war von der Üppigkeit des Ganzen.

Ihre letzten Knochen schnappten an ihren Platz - typischerweise war es ihre Wirbelsäule, die sich umkehrte, um sich in die entgegengesetzte Richtung zu biegen. Und ja, es tat genauso schrecklich weh, wie es sich anhört.

Sara keuchte erleichtert am Ende der Schmerzen. Dann glitt sie lautlos auf stabilen Wolfspfoten in den Wald. Sie duckte sich in ein dicht bewachsenes Gebiet mit ein paar großen Felsen, hinter denen sie sich verstecken konnte.

Ihre Ohren drehten sich von einer Richtung zur anderen und suchten nach jedem Geräusch. Sie sog die Luft aus jeder Richtung ein und ließ die Nacht sanft ihre lange, lange Nase hinaufstreichen. Auf der Suche nach Molekülen männlichen Geruchs.

Sie musste davon ausgehen, dass Caddel ein Nachtsichtgerät hatte. Sehen war ihr schwächster Sinn - auch wenn sie Bewegungen kaum übersehen konnte. Wenn sie nah genug waren, um gesehen zu werden.

Sie wollte ausgestreckt daliegen - wie ein harmloser schlafender Hund aussehend. Aber sie wollte auch die Felsen um sich herum - damit er nah herankommen müsste.

Für den Fall, dass er schnell abdrücken würde bei jeder großen Wärmesignatur.

27

ieben Sekunden. Nicht schlecht, dachte Kip.

Das war seine gesamte Expositionszeit von dem Moment an, als er über den Rand des Daches kletterte, bis er sich und das Seil an Lillians Balkon gesichert hatte – zwei Stockwerke tiefer und 10 Stockwerke über dem Boden.

Er verharrte regungslos und suchte nach Anzeichen, dass er gesehen worden war. Es gab keine Veränderungen bei den Lichtern und keine Bewegungen in den Fenstern gegenüber der Stelle, wo er auf dem winzigen Balkon kauerte. Das war das größte Risiko gewesen – die Chance, von einem nahegelegenen Gebäude aus entdeckt zu werden.

Ihn vom Boden aus zu sehen, wäre fast unmöglich gewesen, aber er überprüfte es trotzdem. Autos bewegten sich und einige Leute gingen zu Fuß. Niemand schaute nach oben. Niemand stand mitten auf der Straße.

Die Vorhänge vor der Balkonschiebetür waren geschlossen, aber es gab einen kleinen Spalt. Er vergewisserte sich, dass kein Holzkeil in der Laufschiene steckte, der verhindern würde, dass sich die Tür öffnete, sobald er das Schloss aufgebrochen hatte. Es war keiner da.

Kip nahm seinen Rucksack ab und ließ ihn geräuschlos auf den Balkonboden sinken. Er öffnete ihn und holte eine Nachtsichtbrille mit Bildverstärkung heraus. Er setzte sie auf und blickte durch die Linse, durch den Vorhangspalt. Der Radiowecker in Lillians Zimmer gab mehr Licht ab, als die Brille benötigte, um ein sehr scharfes, wenn auch grünes Bild des Raumes zu zeichnen. Er war leer bis auf einige Beistelltische, eine Kommode und ein Queensize-Bett. Unter der Decke war eine Gestalt zu erkennen, die auf der Seite lag, mit dem Rücken zum Fenster. Es sah aus, als würde sie im Schlaf ein Kissen umklammern.

Kip klappte die Brille für den möglichen späteren Gebrauch hoch. Er überprüfte seine dünnen, schwarzen Venom-Handschuhe auf Risse und vergewisserte sich, dass sie in Ordnung waren. Dann versuchte er, die Glastür zu öffnen. Viele Leute ließen sie unverschlossen. Aber Lillian hatte das nicht getan.

Aus seiner Tasche holte er einen batteriebetriebenen Bohrer, der bereits mit einem speziellen Aufsatz versehen war. Der diamantbestückte Hohlbohrer – groß genug, um ein Loch zu schaffen, durch das seine Hand passen würde – sah normal genug aus. Das Besondere war der Saugnapf im Inneren des Bohrers, der am Glaskreis haftete und es ermöglichte, ihn zu entfernen, ohne dass er ins Zimmer fallen konnte.

Noch einmal überprüfte er den Raum und das Bett. Keine Veränderung.

Mit seiner rechten Hand setzte er den Bohrer neben dem Schloss auf das Glas. In seiner linken Hand hielt er seine Wasserflasche, deren Düse herausgezogen und geöffnet war.

Er begann, das Wasser über das Glas tröpfeln zu lassen. Dann drückte er den Auslöser des Bohrers. Er hatte den Klang des Bohrers gedämpft, sodass er nicht so laut war wie normal. Aber er war zu hören. Seine Augen starrten auf das Bett, suchten nach Bewegungen, während er stetigen Druck auf den Bohrer ausübte.

Endlich, endlich! Er hörte das Knacken und stoppte den Bohrer. Vorsichtig zog er ihn zurück und nahm dabei den Glaskreis mit. Er schob alles in seinen Rucksack und verschloss ihn wieder.

Der Rucksack würde auf ihn warten, direkt neben dem Seil, das er benutzen konnte, um zurück aufs Dach oder runter auf die Straße zu gelangen, je nachdem, wie schnell er sich bewegen musste.

Nach einem letzten Blick umher griff er durch das Glas und öffnete das Türschloss.

Sein Herzschlag war genau da, wo er sein sollte – leicht erhöht. Er atmete tiefer und musste gegen ein Gefühl der Euphorie ankämpfen. Die Welt um ihn herum verlangsamte sich.

Der Adrenalinstoß, die geschärfte Konzentration – mein Gott, das würde ihm fehlen.

Er hakte einen Finger in die Vorhänge. Er positionierte seinen Körper so weit wie möglich von seiner Hand entfernt und öffnete langsam den Spalt in den Vorhängen. Niemand sonst war im Zimmer.

Er zog seinen Lieblings-Würgedraht mit Doppelschlaufe hervor. Er hatte zwei Drahtschlingen – selbst wenn jemand eine abwehren konnte, würde die andere ihr Werk tun. In der linken Hand hielt er den Würgedraht, in der rechten eine Glock 19 mit einem GSL-Schalldämpfer. Die Augen fest auf das Bett gerichtet, schob er lautlos die Tür auf.

Leise schreitend bewegte er sich zum Bett.

28

Sara lag in den Büschen und wartete. Sie mochte den halb verrotteten Geruch der Erde und die umherhuschenden Mäuse. Was sie *nicht* mochte, war das Wissen, dass auch Spinnen und Zecken dort waren. Vielleicht machten sie sich schon für einen Biss bereit. Sie würde es nicht spüren, aber...

Ihre menschliche Seite schreckte zurück. Schauderte.

Sie wusste aus Erfahrung, dass alle Bisse verschwunden sein würden, sobald sie sich zurückverwandelte. Aber trotzdem...

Sie hörte ihn, bevor sie ihn roch – das war eine Premiere. Das Knirschen der Blätter unter Stiefeln, egal wie vorsichtig sie aufgesetzt wurden, war für ihre Ohren unverkennbar.

Ihre Nase identifizierte einen Mann. Sie verbrachte weitere sechs Sekunden damit, in alle Richtungen zu wittern.

Nur ein Mann. Überraschend.

Sara wollte diesen ganzen Fall endlich abschließen. Und sie wollte sichergehen, dass es Lillian gut ging. Zeit zum Handeln.

Sie winselte wie ein verletzter Hund. Sie kam – langsam! – auf die Beine und versuchte, von dem herannahenden Mann wegzuhumpeln, wobei sie ihre rechte Vorderpfote hochhielt, als würde es schmerzen, sie zu belasten.

Der Mann kam in Sicht. Er war nicht sehr groß, wirkte aber

kräftig. Unter seinem Kapuzenpullover trug er eindeutig eine kugelsichere Weste. Er war komplett schwarz gekleidet, einschließlich seiner Nachtsichtbrille. Seine schallgedämpfte Waffe war ebenfalls schwarz. Er hatte sich Schlamm ins Gesicht geschmiert, um Glanz zu vermeiden. Leichter abzuwischen und/oder zu erklären, sollte er hier gesehen werden.

Es war *nicht* Caddel. Es war niemand, den sie zuvor getroffen hatte.

Mist! Heißt das, Caddel ist hinter Lillian her? Oder hat er beide Jobs ausgelagert – sodass wir ihn immer noch nicht haben?

Sara winselte erneut und hielt ihre Pfote hoch, als hätte sie Schmerzen.

Der Mistkerl zeigte nicht das geringste Mitgefühl. Er ignorierte sie und setzte seine Suche fort. Mit seiner Glock 19 in der Hand bewegte er sich zu der Stelle, wo das Handy wartete. Knapp innerhalb des Gebüschs bleibend, betrachtete er das Handy und die Kleidung. Und den Teich.

Er biss nicht an, dass sie ins Wasser gegangen wäre. Okay, das war zu viel gewesen, um darauf zu hoffen.

Sara bewegte sich näher heran – etwa 10 Meter vom Mann entfernt, wobei sie sich größtenteils im Gebüsch versteckt hielt, wie es ein verängstigter Hund tun würde.

Nachdem er das Wasser abgesucht hatte und sich umdrehte, winselte Sara leise wieder und zeigte sich für eine oder zwei Sekunden, die Pfote immer noch in der Luft haltend.

Der Typ ignorierte sie.

Der Mann war entweder ein Hundehasser oder er war gut genug trainiert, um Gefahr zu wittern. Oder beides.

Sara bewegte sich zum Waldrand, etwa 13 Meter von den Kleidungsstücken und dem Handy entfernt, aber weit weg von ihrem Rucksack. Sie legte sich hin und begann, ihre „verletzte" Pfote zu lecken. Immer und immer wieder. Wie ein normaler Hund.

Der Mann verbrachte 15 Minuten damit, den Teich zu umrunden und das gesamte Gebüsch zu durchsuchen, dann kehrte er zum Waldrand zurück, der dem Handy und den Kleidungsstücken am nächsten war.

Dann drehte er sich um und sah Sara an. Starrte sie an, als würde er sie erst jetzt bemerken.

Er begann – langsam – auf sie zuzugehen.

„Braves Hündchen", sagte er, während seine Nachtsichtbrille in alle Richtungen schwenkte. Auf der Suche nach einer Falle.

„Braves Hündchen."

Sara blieb liegen, rutschte aber leicht zurück. Weg von dem sich nähernden Mann. So, als würde er sie nervös machen.

„Ist schon gut", sagte er und versuchte, beruhigend zu klingen. „Braves Hündchen."

Er wählte einen sehr großen Felsen etwa zweieinhalb Meter von ihr entfernt und ging in die Hocke, Sara zugewandt – und ließ den Felsen seinen Rücken schützen. Seine fleischige linke Hand bewegte sich langsam zu einer Tasche, und er zog eine Art Proteinriegel heraus. Er wickelte ihn aus und zeigte ihn Sara.

„Siehst du, wie freundlich ich bin", gurrte er dem Hund zu. „Der ist für dich."

Er warf den Riegel direkt vor Sara.

Sie sah ihn an, bewegte sich aber nicht.

Er schaute wieder in alle Richtungen, dann hob er ein Hosenbein an und zog eine weitere Waffe heraus – eine Sig P226. Das war früher die Waffe der Navy Seals gewesen. Sie war nicht schallgedämpft.

Mit einer Waffe in jeder Hand, eine nach vorne links, die andere nach vorne rechts gerichtet, nahm der Mann einen tiefen Atemzug.

„Ich hab deinen Hund", sagte er mit einer Stimme, die in die Ferne schallte. Nach seiner sanften, gurrenden Stimme war der Lärm erschreckend.

Er muss denken, ich sei Skidi, dachte Sara. *Was für ein Idiot. Ich habe rötlich-graues Fell. Skidi ist komplett grau. Und ich bin mindestens 20 Kilo schwerer.*

Aber er mag keine Hunde – er würde es nicht bemerken.

Sara hielt den Eiweißriegel fest im Blick, damit der Mann keinen Verdacht schöpfte, und machte einen Schritt auf ihn zu. Sie steckte den Riegel in den Mund. Sie setzte sich auf und kaute den Riegel, wobei sie darauf achtete, ihre „verletzte" Pfote hochzuhalten, um hilflos zu wirken.

Der Mann warf ihr kaum einen Blick zu, seine Aufmerksamkeit und seine Augen suchten überall sonst – wartend darauf, dass die menschliche Sara auftauchen würde.

Sara überlegte ihre Optionen. Sie könnte vorschnellen und seine Kehle herausbeißen, aber er würde schnell sterben und sie könnte nicht mit ihm sprechen, wenn er tot wäre. Wenn man einem Mann die Eingeweide herausriss, würde er sehr langsam sterben – genug Zeit zum Reden. Aber die kugelsichere Weste, die er trug, machte das fast unmöglich.

Was sollte sie tun?

„Antworte mir, Sara", sagte er, seine Stimme weit tragend. „Du hast 30 Sekunden, bevor ich anfange, den Hund zu verkrüppeln."

„Braves Hündchen", sagte er zu Sara.

Er ist dumm, was Hunde angeht, dachte sie. *Braves Hündchen, von wegen, wenn jeder Hund spüren kann, dass er angespannt ist und einen Angriff plant.*

Es war Zeit zu handeln. Sara würde sich auf die größere Waffe stürzen und hoffen, dass der Schmerz und die Überraschung ihn davon abhalten würden, mit der anderen auf sie zu schießen.

Hoffen. Hoffen.

Seine rechte Hand mit der Glock war fast 90 Grad von ihr weggerichtet – besser würde es wahrscheinlich nicht werden. Und eigentlich war das alles, was sie brauchte.

Saras Hinterbeine gruben sich in die Erde, die kräftigen Muskeln katapultierten sie in die Luft – direkt auf seine rechte Hand zu. Ihr Maul öffnete sich.

Schock zeichnete sich auf seinem Gesicht ab. Die Hand mit der Glock begann sich wieder in ihre Richtung zu bewegen, aber sie war viel zu nah und zu schnell. Ihre Zähne verbissen sich in sein Handgelenk.

Mit einer zermalmenden Kraft von 105 Kilogramm pro Quadratzentimeter, verglichen mit 53 bei einem großen Schäferhund, bissen ihre Zähne direkt durch Fleisch und Knochen. Mit einem Ruck ihres Kopfes flogen die Waffe und die Hand, die sie hielt, durch die Luft, begleitet von einem Blutspritzer aus dem nun verwaisten Arm des Mannes.

Wer auch immer sagte, „Hoffnung ist eine Schlampe..." nun...
Hoffnung half dieser Schlampe nicht.

Die linke Hand des Mannes bewegte sich direkt zu ihrem
Brustkorb, die P226 in der Hand, und er feuerte.

Au! Au! Au!

Sara wusste nicht, was schlimmer schmerzte – Schusswunden
oder die Verwandlung. Aber es spielte keine Rolle – sie hatte nie die
Wahl. Schüsse bedeuteten immer Verwandlung. Glück für sie – sie
bekam beides ab.

Sie drehte den Kopf und packte die P226 mit den Zähnen, wobei
sie seinen Zeigefinger aus dem Abzugsbügel riss.

Sie nahm die Waffe mit, als sie ins Gebüsch rannte, und sah
einmal zurück. Er zog hastig ein Halstuch vom Hals, um daraus eine
Aderpresse zu machen.

An der Stelle, wo sie ihren Rucksack verstaut hatte, ließ sie die
Waffe fallen, sank zu Boden und überließ sich dem Schmerz der
Verwandlung.

Sie schrie nie, wenn der Verwandlungsschmerz sie überkam.
Nicht, weil sie ihn unterdrückte. Sara wollte mehr als alles andere
schreien. Sie schrie in ihrem Kopf mit aller Kraft, die sie aufbringen
konnte. Aber nichts kam heraus. Sara vermutete, dass es eine
evolutionäre Sache bei Werwölfen war. Sie hätten es nicht bis ins 21.
Jahrhundert geschafft, wenn sie bei der Verwandlung geschrien
hätten.

Aber... vielleicht taten sie es auch nicht. Vielleicht war sie der
letzte Werwolf auf Erden?

Sie schüttelte den Kopf. Sara nahm sich die Zeit, ihre
Ersatzkleidung anzuziehen und ihre Ruger LC9 anzulegen.

Sie ging zurück zu der Stelle, wo der Mann saß, den Rücken
gegen den Felsen gelehnt. Er hatte eine gute Aderpresse gemacht und
sie mit einem Stock festgezurrt. Sie setzte sich auf einen Stein etwa
zwei Meter von ihm entfernt, ihre Waffe auf ihn gerichtet.

„Gute Arbeit", sagte sie und nickte in Richtung des Stumpfs.

Er bewegte den Kopf, um hinter sie zu sehen, dann drehte er sich,
um in alle Richtungen zu schauen. Er suchte nach dem Hund. Sie
beugte sich vor und klappte seine Nachtsichtbrille hoch.

„Sie ist da drüben", sagte Sara und nickte nach rechts, „und frisst ein wohlverdientes Steak. Soll ich sie zurückholen?"

Der Mann antwortete nicht.

„Okay", sagte Sara. „Hier sind deine zwei Möglichkeiten.

„Plan A – du sagst mir nicht, was ich wissen will, und ich hole Skidi zurück, damit sie dir die Kehle herausreißt und du stirbst. Direkt hier auf dem Turkey Mountain.

„Oder Plan B – du erzählst mir alles, was du weißt, damit ich den Mann jagen und töten kann, der dich angeheuert hat. So muss sich keiner von uns mehr Sorgen um ihn machen. Und – Bonuspunkte. Du darfst weiterleben.

„Deine Wahl. Und... falls es dir etwas bedeutet, ich kenne seinen Namen bereits."

„Plan B", sagte der Mann.

29

Lillians Zimmer war still wie ein Grab. Kip war schon auf halbem Weg zu ihrem Bett, Würgedraht und in der Hand, als sein Spürsinn zu jucken begann. Irgendetwas stimmte nicht.

Ihm fiel auf, dass die Form unter der Decke nicht ganz richtig war. Und... Leute, die mit einem Kissen über dem Kopf schlafen, sollten eigentlich eine Hand zeigen.

Er ließ sich auf den Boden fallen.

„Es gibt keinen Ausweg", sagte eine Stimme. Connors Stimme. „Lillian ist nicht im Zimmer, und ich habe beide Ausgänge im Blick. Wirf deine Waffen aufs Bett."

Kip schätzte, er hatte nur eine Chance, hier rauszukommen und unerkannt zu bleiben. Es war keine besonders große Chance. Aber er hatte schon bei schlechteren Chancen gewonnen.

Er hob seine schallgedämpfte Glock 19 übers Bett und feuerte auf die Schrank- und Badezimmertüren. Dann rannte er zum Balkon.

Nicht im Krieg, aber oft im zivilen Leben zögert ein Schütze, jemandem in den Rücken zu schießen. Man stellt sich die rechtlichen Folgen vor.

Es gab ein „pfft, pfft, pfft" von gedämpften Schüssen, und seine Beine knickten unter ihm weg. Sein Körper riss beim Fallen einen

Beistelltisch um, wodurch ihm die Waffe aus der Hand geschleudert wurde.

Es war zum Kotzen, dass er Recht damit hatte, nicht in den Rücken geschossen zu werden – aber trotzdem zu verlieren.

Kip war ungeschickt gelandet, seine leere linke Hand nicht weit von seinen Füßen entfernt. Er griff zum Holster an seinem linken Knöchel und zog seine Ersatzwaffe – eine Sig P365.

„Tut mir leid, Connor", sagte er.

Stille. Dann: „Kip?"

„Tut mir leid", wiederholte Kip. „Brauchte Geld für meine Frau und mein Kind."

Eine schwarze Gestalt ragte über ihm auf, die Waffe auf ihn gerichtet.

„Leg die Waffe weg."

„Nochmal sorry", sagte Kip. „Die Versicherung zahlt nicht bei Selbstmord." Er hob die Sig P365, um auf Connor zu schießen.

30

C onnor sah, wie sich Kips Waffe vom Boden erhob.

Er gab zwei schnelle Schüsse auf Kips Kopf ab und überprüfte dann den Balkon, um sicherzugehen, dass er allein war.

Zufrieden kam er zurück ins Zimmer und starrte auf Kips Leiche.

„Verdammt nochmal!", sagte Connor.

Connor blickte auf seine Waffe. Auf Kips Körper.

„Verflucht."

Connor rieb sich den Nacken. Er bewegte seinen Kopf im Kreis, um Verspannungen zu lösen. Dann bedeckte er seine Augen mit den Handflächen. Er schüttelte den Kopf.

Er hatte Sara nicht geglaubt, als sie diese Falle gestellt hatte. Die Vorstellung, dass jemand Lillian angreifen würde, wenn *Sara* das Hotel verließ – nicht er –, war...

Es war einfach nicht glaubwürdig. Und wenn es glaubwürdig war, dann war es beleidigend. Weil *er* hier die Bedrohung war, nicht Sara.

Aber hey, es ist ein Job, und sie ist diejenige, die die Rechnungen bezahlt. Also hatte er mitgemacht. Und verdammt nochmal, wenn sie nicht Recht gehabt hatte.

Er musste Sara anrufen. Und sein Büro. Und die Polizei.

Er blickte wieder auf Kips Leiche hinunter und schüttelte den

Kopf. Er hätte nie vermutet, dass Kip sich gegen ihn wenden würde. Er hatte schon mehrmals mit dem Mann zusammengearbeitet. Kip hatte immer seinen Job gemacht. Das Büro würde wegen dieser Sache durchdrehen.

„Verdammt. Verdammt.“

Er stellte sich wieder vor, wie Kips Hand sich mit seiner Waffe bewegt hatte, sie anhebend, um auf ihn zu zielen. Was Connor dazu zwang, zur Selbstverteidigung zu schießen.

Aber die Bewegung war langsam gewesen. Wie in Zeitlupe.

Die Versicherung würde bei Selbstmord nicht zahlen, hatte Kip gesagt.

Aber sie beide wussten, dass es genau das war.

Nicht, dass Connor das preisgeben würde.

31

as Goldwell Business Hotel sah aus wie viele andere. Es
hatte das typische Hochhausdesign aus Chrom und Glas
und die phallische Arroganz der meisten gehobenen
Businesshotels. Es prahlte mit vielen Konferenzräumen und Suiten,
in denen sich die Wirtschaftsbosse von ihren Untergebenen
verwöhnen lassen konnten. Wie Caddel. Von dem Mason zu 99 %
sicher war, dass es ihm gehörte, auch wenn er noch nicht alle
Holdinggesellschaften und Offshore-Trusts durchschaut hatte, die
dazu dienten, ihn zu verschleiern.

Sara stand die Straße hinunter vom Hotel und beobachtete es. Sie
war froh, hier zu sein und nicht im Polizeihauptquartier wie Connor
Rockwood. Sie vermutete, dass er vielleicht die ganze Nacht dort
verbringen würde, während sie und Lillian erst morgen früh
erscheinen mussten.

Sie schüttelte den Kopf. Sie konnte immer noch nicht glauben,
dass Kip versucht hatte, Lillian zu töten. Sie dachte, Connor mache
einen kranken Witz, als er anrief, um es ihr zu erzählen. Sie verstand
es nicht. Was nützt Geld, wenn man tot ist? Oder glauben
Spezialeinheiten-Leute, sie seien kugelsicher?

Es war 2:30 Uhr morgens, und die Straßen waren größtenteils
leer. Ab und zu fuhr ein Auto vorbei. Ein Mann eilte torkelnd vorbei,

wahrscheinlich aufgeweckt und rausgeworfen, als seine Bar um 2 Uhr morgens schloss.

Sie fragte sich, ob Kip sich auch hier mit Caddel treffen sollte. Wie der Mann, der sie im Park angegriffen hatte. Gage Bowen war sein Name. Gage hatte ihr erzählt, dass er sich nach ihrem Tod mit dem „Geldmann" treffen sollte. Genau hier im Goldwell Hotel. Um 3 Uhr morgens.

Würde Warren wirklich ein Treffen mit zwei Killern zur gleichen Zeit planen? Unwahrscheinlich.

Kip hatte Lillian früher angegriffen, also war er vielleicht für ein früheres Treffen mit Caddel eingeplant. Wenn ja, wusste Caddel bereits, dass er Probleme hatte – als Kip nicht auftauchte.

Falls Caddel auch wusste, dass Kip tot war, dachte er vielleicht immer noch, er könnte die Folgen kontrollieren.

Mason wollte, dass sie Caddel der Polizei überließ. Aber Sara war sich sehr sicher, dass er die ganze Zeit, in der sie und Lillian ins Visier genommen wurden, von vielen Menschen in der Öffentlichkeit gesehen worden war.

Würde Caddel ein Treffen mit jedem Mann geplant haben, nur um die andere Hälfte seiner Bezahlung zu übergeben, wie Gage es erwartet hatte? Sie als lose Enden zurücklassend, die zu viel wussten.

Unwahrscheinlich. Das war nicht Caddels Stil. Er wollte sich mit ihnen treffen, weil er plante, sie zu töten.

Sie versuchte sich vorzustellen, wie er es aufgezogen hätte. Caddel war nicht mehr in Army-Form. Lillian hatte ihr erzählt, dass er noch keinen Bierbauch hatte – aber er war auf dem besten Weg dahin. Wenn er dieses Hotel besaß und wenn er plante, jeden dieser Ex-Soldaten-Attentäter dort zu treffen und zu töten, musste er drinnen eine ziemlich gute Einrichtung haben. Etwas, das sie sofort außer Gefecht setzen würde – damit er sie entfernen und anderswo töten konnte. Gas?

Sara war hin- und hergerissen.

Nur ein Idiot würde in eine Falle tappen, wo sie sofort bewusstlos gemacht werden könnte – von jemandem, der sie tot sehen wollte. Ihr Wolf konnte wie ein Mensch außer Gefecht gesetzt werden. Und getötet.

Aber... aufzugeben? Nach Hause zu gehen? Es verletzte ihr neues Selbstbild. In den letzten zwei Jahren war sie keine verängstigte Frau mehr. Sie war stark. Mächtig. Fähig. Wie eine Superheldin.

Meine Güte! War es das?

Sara schüttelte den Kopf und wandte sich ab. Sie war keine Wonder Woman. Sie war nicht kugelsicher. Sowohl sie als auch ihr Wolf konnten getötet werden. Es gab keinen Grund, dumm zu sein, nur weil sie es beendet haben wollte.

Sie würde den Mistkerl kriegen, ohne in seine Falle zu tappen. Nicht heute Nacht, aber bald.

Lillian wäre nie sicher, solange der Mann am Leben war. Das hatte er heute Nacht bewiesen.

32

S ara kroch widerwillig ins Bewusstsein zurück. Ihre Augenlider waren verklebt, ein Hund sabberte ihr mit seiner Zunge übers ganze Gesicht, und The Police sangen „Every Breath You Take".

Sie suchte nach einem Wecker und war zunächst überrascht, dass sie zu Hause war. In ihrem eigenen Bett. Dann erinnerte sie sich, dass sie Lillian hierher gebracht hatte, weil ihre Hotelsuite ein Tatort war.

Sara schüttelte den Kopf und konzentrierte sich auf die Uhr. Es war verflucht noch mal fünf Uhr. Morgens. Sie beschloss, Mason umzubringen – später – und zog sich das Kissen über den Kopf, um den Hundesabber und einen Teil des Lärms abzublocken.

Skidi beschloss, das sei ein Spiel, und legte ihre Vorderpfoten auf Sara. Sie begann, sie ruckartig zu schubsen, als wolle sie sagen: „Lass uns spielen!" The Police sangen: „I'll be watching you."

Unter ihrem Kissen brüllte Sara: „Aaarrrgh!"

Hocherfreut sprang Skidi mit ihren vollen 90 Pfund auf Sara.

Sara gab auf, drehte sich um, griff nach dem Telefon und hielt inne, um einen Fluch zu finden, der ihrer ganzen Feindseligkeit gerecht wurde.

„Rate mal, wer gerade das Land verlassen hat", sagte Mason in ihr Ohr und hatte damit wieder einmal das erste Wort.

Sara setzte sich im Bett auf. Sie gab Skidi das Handzeichen zum Erstarren.

„Erzähl mir alles."

„Ich weiß noch nicht viel, aber das wird sich ändern. Caddels Privatflugzeug ist vor 30 Minuten abgehoben. Der Pilot hat einen Flugplan nach Cabo San Lucas in Mexiko eingereicht. Aber... Caddel hat keines der beiden Telefone benutzt, die ich überwache, um die Vorkehrungen zu treffen."

„Okay", sagte Sara. „Ich muss heute hier bleiben. Lillian und ich müssen der Polizei noch unsere Aussagen machen. Aber bis heute Abend muss ich wissen, wo er gelandet ist, alles, was du mir über seinen Aufenthaltsort sagen kannst, und wie wir es schaffen, dass ich morgen dorthin komme, ohne dass die Bullen merken, dass ich die Stadt verlassen habe."

Später gingen Sara und Lillian zur Polizeistation und machten ihre Aussagen zum Tod von Kip Tarber. Die im Wesentlichen darauf hinausliefen, dass sie nichts wussten. Sie waren beide in Saras Haus gewesen und hatten eine Mahlzeit zubereitet, während Connor im Hotel geblieben war, für den Fall, dass jemand versuchen sollte, einzudringen.

Sie waren beide schockiert, dass Kip Tarber gekommen war, um Lillian zu töten. Nein, sie hatten keine Ahnung, warum er sie nicht tagsüber getötet hatte, als er Dienst hatte. Außer... wäre er dann nicht der Erste gewesen, den man verdächtigt hätte? Während nachts niemand ihn in Betracht gezogen hätte.

Rodriguez sagte ihnen nichts darüber, dass Caddel das Land verlassen hatte. Da Unwissenheit in diesem Fall gut für sie war, sagte Sara selbst auch nichts.

Zum Abschied fragte sie Rodriguez, wie die Ermittlungen vorangingen, und akzeptierte seine Antwort „Gut".

33

Es war 15 Uhr am nächsten Tag, als Sara und Skidi sich darauf vorbereiteten, einen winzigen Jet zu besteigen. Er war nur sechs Passagierfenster lang und sah aus, als könnte ihn der leiseste Wind umwerfen. Aber er würde sie wahrscheinlich nach Cabo bringen. Wahrscheinlich. Immerhin hatte er zwei Strahltriebwerke, falls eines davon mitten in der Luft ausfallen sollte.

Er war von Harrisburg, Pennsylvania, nach Tulsa geflogen. Mason hatte ihn über eine seiner Scheinfirmen gemietet und schickte ihr eine Drohne an Bord, die sie in Cabo benutzen sollte.

Sara verdrehte die Augen. Sie konnte sich vorstellen, wie schlecht die Anweisungen für die Drohne sein würden. Sie beschloss, es gar nicht erst zu versuchen. Stattdessen würde sie Mason anrufen und ihn zwingen, das Fachchinesisch ins Deutsche zu übersetzen und ihr zu erklären, wie man das Ding bedient.

Sie zupfte an ihrer zickigen blonden Perücke, um sicherzugehen, dass sie richtig saß, dann gingen sie und Skidi die Stufen zur Kabine hinauf. Es war niedrig drinnen, vielleicht 1,50 m hoch, sodass sie den Kopf einziehen musste. Das Flugzeug war breit genug für zwei Sitze mit einem Gang dazwischen.

Skidi begann an ihrer Leine zu zerren und zog sie vorwärts. Sara blieb wie angewurzelt stehen und atmete durch die Nase ein. Ein weiterer Passagier war hier. Ein Mann.

Ein weiterer Schnüffel, und sie erkannte Mason. Was zum...?

Da sie ihn nicht sehen konnte, musste er in einem der beiden rückwärts gerichteten Sitze sein. Sara ging an ihm vorbei und setzte sich auf den Sitz ihm gegenüber.

Der Pilot kam auf sie zu, also sagte Sara nichts. Sie legte nur den Kopf schief und starrte Mason an. Er hatte zumindest den Anstand, verlegen auszusehen. Skidi empfand keinen Konflikt, als sie ihn sah. Sie stemmte beide Vorderpfoten auf seine Schultern und begann, sein Gesicht mit demselben Entzücken abzulecken, das sie auch für Erdnussbutter gezeigt hätte.

Als der Pilot sie begrüßte, nahm Sara vorsichtig einen Atemzug von ihm – auf der Suche nach dem Geruch von Alkohol, Gras und jeder anderen Droge, die sie erkennen konnte. Nichts. Es gab auch keinen Geruch von Angst. Er würde es tun müssen. Sie nickte ihm zu und er kehrte ins Cockpit zurück.

Das Flugzeug begann zurückzurollen.

Sara wandte sich wieder Mason zu.

Er hob die Hände mit den Handflächen nach außen in einer abwehrenden Geste. „Keine Sorge", sagte er mit einem spöttischen Lächeln im Gesicht. „Ich versuche nicht, in dein Alpha-Territorium einzudringen."

Sara stöhnte. „Du hast diesen Satz geübt."

Mason grinste. „Gib's zu. Du willst nichts mit dem Aufbau oder der Bedienung einer Drohne zu tun haben, oder? Du hättest mich anflehen sollen mitzukommen."

Sara verzog das Gesicht. Stimmt.

Mason beugte sich vor und sprach so leise, dass selbst sie – mit ihren Wolfsohren – ihn kaum hören konnte. „Das ist *mein* Job. Du respektierst *mich* nicht."

Saras Augen weiteten sich. Sie öffnete den Mund, um zu erklären, aber Mason fiel ihr ins Wort.

„Denk nicht mal daran zu sagen, du hättest versucht, mich zu beschützen. Ich hab's satt. Wenn ich das noch einmal höre, werfe ich dich aus diesem Flugzeug."

Saras Mund verzog sich, und sie lächelte. „Nun ja... du könntest es versuchen."

Mason sah sie weiterhin an. Er lächelte nicht.

„Okay, okay. Du hast Recht. Aber Mason, dass ich dich beschützen will, bedeutet nicht, dass ich dich unterschätze. Das tue ich nicht. Du versuchst auch, mich zu beschützen – zum Beispiel indem du in diesem Flugzeug bist."

Mason rieb sich übers Gesicht. „Es bringt nichts, dich zu beschützen."

„Also... vielleicht wird es Zeit, dass ich dasselbe über dich erkenne. Waffenstillstand?"

Mason starrte sie an und beurteilte, ob sie es ernst meinte.

„Sicher", sagte er, obwohl sein Blick seinen Zweifel ausdrückte, ob sie sich wirklich ändern würde.

Dann zog er eine Karte des Pedegral-Viertels von Cabo heraus. „Wir haben viel zu tun, bevor wir heute Abend um 22 Uhr wieder in dieses Flugzeug steigen. Lass uns überlegen, wie wir ein paar Bösewichte in den Hintern treten können."

Diesmal lächelte er.

34

Es waren 32,8 Grad in Cabo, als Sara, Mason und Skidi aus dem Flugzeug stiegen - genau dieselbe Temperatur wie in Tulsa. Aber hier machte die Meeresbrise es angenehm statt schwül.

Sara warf einen Blick auf ihr Handy und war froh, keine Nachrichten zu sehen. Sie steckte es weg und wandte sich Mason zu. Er starrte auf sein Handy, die Augenbrauen zusammengezogen. Besorgt. Er blickte auf und sah die Frage in ihren Augen. Er schaltete sein Handy aus, verstaute es in seiner Jackentasche und ging zum Taxistand.

„Später", sagte er im Vorbeigehen.

Sie fuhren auf der U.S. 1 an heruntergekommenen kleinen Geschäften mit staubiger Landschaftsgestaltung vorbei. Als sie in die Lazaro Cardenas einbogen, änderte sich die Szenerie zu mittelklassigen Hotels und Fast-Food-Restaurants. Weiter die Straße entlang wurden die Restaurants deutlich gehobener, und aus „Hotels" wurden „Resorts".

Der Pedregal-Abschnitt des hügeligen Cabo war für diejenigen, die Action mit ihrem Luxus wollten. Die Multi-Millionen-Dollar-Häuser waren alle nur eine kurze Taxifahrt vom Yachthafen oder von Geschäften und Bars entfernt.

Mason nutzte seine Scheinfirma, um eines der günstigeren Häuser zu mieten - nur 1.500 US-Dollar pro Nacht. Die beiden Hauptattraktionen für Sara waren, dass es in der bewachten Wohnanlage lag und nur zwei Straßen von der Mega-Villa entfernt war, die Caddell gemietet hatte. Ihr Platz kostete 8.400 Dollar pro Nacht.

Also das bekommt man für 1.500 Dollar, dachte sie, als Mason die Schlüssel entgegennahm und dem Hausverwalter Trinkgeld gab. Es hatte vier Schlafzimmer, viereinhalb Bäder und 418 Quadratmeter. Es gab eine überdachte Terrasse mit einer Feuerstelle über einem Infinity-Pool - mit einem tollen Blick auf den Ozean. Alle Häuser in der Nähe hatten die gleichen Pools und die gleichen tollen Aussichten, weil der felsige Boden in diesem Abschnitt hoch genug war, um Häuser auf verschiedenen Ebenen einzufügen. Dadurch sah es bei den meisten Aussichten so aus, als wäre nichts zwischen einem und dem Ozean. Auch wenn das nicht stimmte.

„Dein Handy?", fragte sie Mason.

Er schüttelte den Kopf. „Vielleicht nichts. Lass mich nachsehen."

Sara ließ einen Koffer an der Tür stehen, bereit zum Aufbruch. Sie würden nicht einmal eine Nacht hier verbringen, obwohl sie den Platz für drei Nächte gemietet hatten. Sie zog einen großen, schlaffen Sonnenhut aus ihrem anderen Koffer, um ihre Identität zu verbergen und zu einem blumigen Sommerkleid und Sandalen zu passen.

Skidi schnüffelte am Pool und winselte. All dieses wunderbar aussehende Wasser und es stank nach Chlor!

„Komm schon", sagte sie zu Skidi. „Es ist Zeit, dass du dich nützlich machst." Sie gingen aus der Haustür und auf den Camino Pacifico Alto.

In der nächsten Stunde gingen Sara und Skidi die Straßen auf und ab, damit sich die Einheimischen daran gewöhnten, den großen „Hund" als Bewohner zu sehen - und zu akzeptieren. Nur für den Fall, dass Sara heute Nacht in Wolfsgestalt zu ihrem Haus zurückkehren müsste.

Als sie zum Haus zurückkam, ging sie zu Mason.

„Also... was macht dir Sorgen?"

Mason drehte seinen Laptop-Bildschirm herum. Eine Schlagzeile der *Tulsa World* lautete: „Lokaler Privatdetektiv in seinem Haus ermordet." Der Name des Mannes war Joe Bob Rankin. Seine Leiche wurde heute gefunden, aber die Polizei schätzt, dass er vor drei Tagen starb. Alle seine Finger wurden vor seinem Tod einzeln gebrochen.

„Wer ist er?", fragte sie.

„Er ist der örtliche Privatdetektiv, den ich angeheuert hatte, um die Nummernschilder aller Lexus-Autos zu bekommen, die in dieser Garage geparkt waren. Das führte mich schließlich zu Caddell."

Sie starrten einander an.

„Nun...", begann Mason. „Er hatte auch andere Fälle. Es muss nicht..."

Sara schüttelte den Kopf. „Aber wahrscheinlich ist es das."

„Ich habe ihn umgebracht."

„Du hast getan, was du tun musstest. Wenn du gewartet hättest, wäre Caddells Lexus vielleicht nicht dort gewesen. Dann wäre Lillian vielleicht gestorben."

„Ich weiß. Aber ich muss es nicht mögen." Mason wandte sich ab.

Eine Stunde später wiederholte Sara ihren Spaziergang mit Skidi, doch diesmal führten ihre „zufälligen" Wanderungen sie zum Rand der Klippen am Callejón de las Estrellas. Von dort aus konnten sie einen Blick auf das beeindruckende Anwesen werfen, in dem Caddell wohnte. Während einige der teuersten Häuser wahre Monstrositäten mit zehn Schlafzimmern, dreizehn Bädern und einer Wohnfläche von 1.115 Quadratmetern waren, hatte Caddell sich für ein Haus entschieden, das etwa die Größe von Masons gemietetem Haus hatte – „nur" fünf Schlafzimmer. Was Caddells Haus jedoch so kostspielig machte, war seine exponierte Lage: Es thronte höher als alle umliegenden Gebäude, und es gab keine anderen Häuser zwischen ihm und dem Ozean. Das Wasser lag tief unterhalb, am Fuße der steilen Klippen, in die das Haus gebaut war.

Sara drehte sich um und erkundete vier weitere nahe gelegene Straßen, die ebenfalls an den Klippen endeten. Sie war nur eine harmlose Touristin auf Urlaubsbesuch.

Eine Stunde später war sie wieder bei Mason. Der Himmel war fast dunkel. Zeit, bald zu gehen.

Mason war auf dem Pooldeck mit seinen zwei Drohnen

ausgepackt und bereit. Sie sahen aus wie schwarze Heuschrecken, die dort saßen, bereit, in die Luft zu springen, um seinen Befehlen zu folgen. Seine Finger flogen über einen Laptop, also wartete sie.

Endlich fertig, schaute er auf und lächelte.

„Caddells Haus hat Außensicherheitskameras, die ich bereit bin zu deaktivieren. In den Mietunterlagen schwören sie, dass es keine innen gibt. Ich glaube ihnen, weil ich nichts anderes gefunden habe, was sendet. Obwohl... Caddell könnte seine eigenen mitgebracht haben?"

Saras Mund verzog sich, als sie überlegte. „Ich glaube nicht. Er ist ein Planer. Vorsichtig. Kameras bergen ein Risiko - sie könnten etwas aufnehmen, was man nicht wollte."

Sara setzte sich auf einen Stuhl neben Mason und betrachtete erneut die Bilder von Caddells Miethaus aus dem Maklerangebot. Sie suchte nach einem Grundriss, aber die Mietseite stellte keinen zur Verfügung. Auch Mason konnte keinen finden, nicht einmal aus der Zeit, als das Haus gebaut wurde. Falls die Pläne in irgendeinem Amt in Cabo archiviert waren, existierten sie offenbar nicht in elektronischer Form – und damit konnte Mason nicht darauf zugreifen.

Trotzdem konnte sie aus den Bildern alle Räume mit Aussicht sehen. Sie wusste, wo sie sich relativ zu den hinteren Terrassen und Pools befanden. Leider konnte sie nicht von hinten eintreten. Sie war keine Felsenkletterin, die diese Klippe und die überhängenden Terrassen erklimmen konnte.

Sie hatten tagsüber keine Drohne riskiert - die Reichen mit ihren Sicherheitsleuten würden zu wahrscheinlich eine entdecken. Folglich wussten sie nicht einmal, ob Caddell überhaupt im Haus war, noch wie viele andere Leute er bei sich haben könnte.

Als die letzten wunderschönen roten Lichter des Sonnenuntergangs in Schwarz verblassten, befestigte Mason eine Wärmebildkamera an einer der Drohnen und schickte sie in die Luft. Hoch genug, damit das leise Geräusch nicht zu hören war.

Sara blickte zu Mason hinüber, sein Gesicht von den blauen Poollichtern angestrahlt. Wie er die Drohne flog, wirkte er wie ein Kind mit dem besten Spielzeug aller Zeiten. Völlig gebannt.

Masons Gesichtsausdruck wurde plötzlich leer. „Scheiße!"

Sara bewegte sich zu ihm. „Was ist los?"

„Schau mal." Er zeigte auf den Bildschirm. „In dem Haus sind vier Personen."

Sara sah hin. Zwei Wärmesignaturen befanden sich im vorderen Teil des Hauses, vermutlich um den Haupteingang zu bewachen. Eine weitere war auf der unteren Terrasse - bewachte sie das Haus gegen kletternde Angreifer? Noch eine Person war in der Nähe einer der beiden oberen Terrassen. Das Hauptschlafzimmer?

„Wir haben nicht erwartet, dass er allein ist", sagte Sara.

„Nein. Ich dachte, Jeff Sinkinson - der Angestellte, der Caddell ein Alibi gegeben hat - könnte hier sein. Das Büro sagt, er sei für eine Woche weg. Aber wer sind die anderen beiden?"

Mason schüttelte den Kopf. „Das ist nicht gut. Es könnten Unschuldige sein. Vielleicht ein paar einheimische Mädchen. Vielleicht ein Geschäftsmann aus Cabo und seine Frau. Vielleicht..."

Sara drückte Masons Schulter, um ihn zu beruhigen. „Wir werden es herausfinden. Keine Sorge, ich gehe nicht mit gezückter Waffe rein. Keine Unschuldigen werden in Gefahr geraten."

Mason nickte nur und wandte sich wieder seinem Computer zu.

Sara zog sich das zweite Sommerkleid an, das sie eingepackt hatte. Hoffentlich verschaffte es ihr zwei große Vorteile. Erstens: Es sollte jeden Eindruck, dass sie eine Bedrohung sein könnte, verringern oder beseitigen, da es offensichtlich keine Waffe verbergen konnte. Die hohen Absätze, auf denen sie wackeln würde, ließen sie zusätzlich hilflos erscheinen. Zweitens: Es sollte Männer eher an heißen, schwitzigen Sex denken lassen als an einen Kampf ums Überleben. Es saß wie angegossen und hatte einen tiefen Ausschnitt.

Der Nachteil war... die einzige Waffe, die sie tragen konnte, war ein Messer, das an ihrem Oberschenkel festgeschnallt war. Sie hatte versucht, eine Pistole unterzubringen, aber die war sichtbar gewesen. Das Kleid war zu eng.

„Ich weiß nicht, warum ich den Kerl nicht einfach auf der Straße erschossen habe", murrte sie zu Mason, während sie eine nutzlose Handtasche von der Größe einer Münze über ihre Schulter schwang.

„Weil du dann die Hauptverdächtige wärst."

„Ach ja. Guter Grund."

„Ich wünschte, du könntest mehr Waffen mitnehmen." Mason öffnete ihr die Tür.

„Ich habe dich als meine Geheimwaffe." Sara tippte auf den Ohrhörer in ihrem linken Ohr und das Mikrofon in beiden Ohrringen. „Und ich habe meine Krallen und Zähne."

„Auuuuu", sagte er leise.

Sara grinste und ging.

35

Die doppelte Eingangstür von Caddells 8.400-Dollar-pro-Nacht-Mietobjekt bestand aus dunkelbraunem, kunstvoll geschnitztem Holz. Zu jeder anderen Zeit hätte Sara mit den Fingern über die Muster gestrichen und sowohl das Holz als auch die Handwerkskunst genossen.

Stattdessen nahm sie sich einen Moment Zeit, um die zwei verschiedenen Persönlichkeiten in ihrem Kopf zu würdigen. Ihre menschliche Seite schrie, dass dies das Dümmste war, was sie bisher getan hatte. Ihre Wolfsseite hatte die Ohren gespitzt, einen zuckenden Schwanz und freute sich darauf, etwas Spaß zu haben.

Sara klingelte mit den Knöcheln und erinnerte sich daran, nichts zu berühren.

Ein riesiger muskelbepackter Mann öffnete die Tür. Oklahoma-Muskeln, nicht Cabo-Mietmuskeln, denn der Typ sah aus wie ein Türsteher, der zu lange Steroide genommen hatte. Er war weiß und hatte kurz geschorenes helles Haar. Und einen Hals, der breiter war als ihre Taille. Er musterte sie von oben bis unten und seine Hand, die auf seiner Waffe geruht hatte, entspannte sich ein wenig.

Sara schenkte ihm ein zaghaftes Lächeln. „Hi. Ich bin Sara. Ich soll mich mit Warren treffen? Caddell? Ich glaube, er erwartet mich?"

Er sah hinter sie und als er niemanden sonst sah, winkte er sie in

Richtung Wohnzimmer. Sara konnte ein Saxophon langsam spielen hören. Gefühlvoll. Etwas Aufgenommenes - ihre Wolfsohren konnten das immer erkennen.

„Setz dich."

Weit, weit vor ihr erstreckte sich die absolute Schwärze des nächtlichen Ozeans. Eine rot lodernde Feuerstelle im Freien zog sie wie ein Leuchtfeuer an. Dahinter trafen die saphirblauen Lichter des Pools auf den Infinity-Rand und verschwanden im Nichts.

Sara prägte sich beim Gehen den Grundriss des Hauses ein. Ein Glasregal mit Weinflaschen trennte sie vom Esszimmer mit einem riesigen Holztisch. Die Flaschen würden gute Waffen abgeben, wenn sie zerbrochen würden. Zu ihrer Linken standen niedrige Ledersofas und Sessel, die hauptsächlich zur Rückseite des Hauses ausgerichtet waren, von wo aus man morgens das Meer sehen würde. Die Stühle und Beistelltische sahen alle sehr massiv aus - sie könnten einen Mann bewusstlos schlagen.

Sara roch einen zweiten Mann, ließ sich das aber nicht anmerken.

„Oh wow", sagte sie. „Das ist wunderschön, selbst ohne den Ozean zu sehen."

Sie ging langsam auf die untere Terrasse hinaus, durch die zurückgeklappten Glaspaneele, die die Wand komplett offen ließen. Der zweite Mann kam um die Ecke aus dem Esszimmer und folgte ihr nach draußen.

Sie drehte sich zu ihm um und lächelte. „Es ist sehr schön."

Er nickte, sagte aber nichts.

Sie wandte sich wieder dem Pool zu und schätzte ein, was sie gesehen hatte. Dieser Mann war kleiner. Knapp unter 1,80 Meter. Nicht bullig, aber... er sah aus und bewegte sich wie ein MMA-Kämpfer. Er könnte eine größere Bedrohung sein als Muskelprotz.

Sie bekämpfte den plötzlichen Drang, nach oben zu Masons Drohne zu schauen und zu winken. Sie hoffte, er nahm die Aufnahmen auf. Sie fragte sich, wie sie wohl für eine Wärmebildkamera aussehen würde. Wolfskörpertemperaturen waren hoch - 40,5 Grad. Würde sie merklich mehr glühen als die Menschen um sie herum?

Schritte hallten auf dem hellen Marmorboden, also drehte Sara sich um.

Ein Mann kam auf sie zu. Es war nicht Caddell. Dieser Typ war 1,75 Meter groß mit Schuhen mit erhöhten Absätzen, hatte ein durchschnittliches Gesicht und etwa 10 Jahre Extra-Peperoni, die über seinen Bauch hingen. Sie erkannte Jeff Sinkinson - Warrens Tech-Guru und Alibi-Lieferant - von Masons Foto von ihm.

Drei Wärmesignaturen waren erklärt - was Caddell übrig ließ.

„Sara Flores?", fragte er. Er streckte seine Hand nicht aus und Sara war dankbar dafür. Wenn sie ihn berührt hätte, war sie sicher, dass Schleim an ihrer Hand kleben geblieben wäre. Seine Augen verweilten nur Sekunden auf ihren, dann glitten sie nach unten. Sie hielten bei ihren Brüsten inne, bewegten sich dann weiter nach unten und blieben an ihrem Schritt kleben. Und blieben dort.

Und blieben dort.

Sara packte seinen Kopf mit ihren Händen und rammte ihn gegen ihr aufsteigendes Knie.

Nein. Tat sie nicht. Aber sie wollte es wirklich, *wirklich* gerne tun. Er ließ ihre Haut kribbeln.

„Ich bin hier, um Warren zu sehen", sagte sie zu seinen Augenlidern.

Ohne den Blick zu heben, sagte Jeff: „Ach, aber er ist in die Stadt gefahren, um etwas zu erledigen. Er wird bald zurück sein. Möchtest du warten?"

Es konnte nicht einfach sein, mit jemandem zu sprechen, wenn deine Augen an seinem Schritt klebten. Man musste sich anstrengen - den Blick nicht einmal zu heben. Es musste dir sehr wichtig sein, sie so zu behandeln.

Sara wusste nicht, ob Warren wirklich weg war. Falls ja, dann könnte das vierte Wärmesignal ein weiterer Bodyguard sein - oder ein Zivilist. Oder vielleicht war Warren der Vierte und er ließ Jeff für ihn einspringen.

So oder so war Sara wütend genug auf Jeff, um ihm ein wenig ihrer Zeit zu schenken.

„Warten wäre in Ordnung. Hast du einen etwas... privateren Ort?"

Jeffs Augen schossen zu ihren hoch. Er hatte auf ihren Schritt gestarrt, um sie wütend zu machen. Um Machtspiele zu spielen. Seine Augenbrauen zogen sich zusammen und er biss sich auf die Lippe. Er wippte zweimal auf seinen Zehen und verschränkte die Arme.

Sie erstarrte ihren Mund, um nicht über seine gemischten Signale zu lächeln.

„Sicher." Er bewegte sich mit einem kränklichen Grinsen zu ihr und legte einen Arm um sie. Weit genug, um die Seite ihrer Brust zu berühren.

Ihr Magen verkrampfte sich - sie fürchtete, sie müsse sich übergeben. Sie zwang sich, ihn anzulächeln. Ein entzücktes Lächeln.

Er runzelte die Stirn und zog sie fester an sich. Dann führte er sie aus dem Wohnzimmer, vorbei an einem Medienraum mit einer ganzen Wand, der leicht 15 Personen Platz bieten konnte, und in ein Schlafzimmer. Er schloss die Tür und die Saxophonklänge verschwanden. Sogar für ihre Ohren. Interessant.

„Setz dich." Jeff schubste sie hart genug, um eine normale Frau aufs Bett zu werfen. Aber Sara hatte damit gerechnet. Sie ließ sich von ihm halb zum Bett schieben, weg von ihm, aber sie verlor nie den Boden unter den Füßen.

„Wie reizend", sagte sie und sah sich um. Die Schlafzimmertür war aus massivem Holz und hatte ein Schloss, aber es war ein billiges. Ein Bodyguard könnte sie eintreten. Sie atmete tief ein und suchte nach Gerüchen. Es war niemand sonst im Raum. Sie roch auch keine Waffe, aber in menschlicher Gestalt war sie nur zu 50 Prozent in der Lage, den viel schwächeren Waffenölgeruch wahrzunehmen.

„Jeff", sagte sie und ging zurück zu ihm. Sie zwang sich, eine Hand auf seine Brust zu legen und strich darüber, als sie hinter ihn trat, sich näherte und ihn ihr Parfüm riechen ließ. Ihre rechte Hand kam über seine Schulter und rieb über seine Brust.

Sie konnte es ertragen. Gerade so. Weil...

Sie riss ihren Arm hoch und fing seinen Hals in der „V"-Form ihres Ellenbogens ein, unterbrach den Blutfluss auf beiden Seiten seines Halses. Sie hob seine Füße vom Boden, während sie zudrückte.

Es wurde nie alt – überlegene Kraft zu haben.

Er kämpfte, seine Hände schlugen auf sie ein, seine Beine traten um sich. Er versuchte zu schreien, aber er hatte nicht genug Luft dafür. Es war 14 lange Jahre her, seit Jeff die Grundausbildung absolviert hatte – und das musste das letzte Mal gewesen sein, dass er in der Nähe eines Fitnessstudios war. Er hatte auch keinerlei Kampffähigkeiten.

Zwölf Sekunden später war er bewusstlos.

Sara warf ihn aufs Bett. Sie zog ihre superdünnen Handschuhe aus ihrem BH und streifte sie über. Dann durchsuchte sie ihn und nahm ihm seine Waffen ab. In seiner Hosentasche fand sie ein rotes Balisong-Messer, und am Knöchel hatte er den seltsamsten Mini-Revolver befestigt, den sie je gesehen hatte.

DIE WAFFE BESTAND aus rostfreiem Stahl, hatte einen aufgemotzten, edlen Holzgriff – aber keinen Abzugsbügel. Schade, dass er sie in seinem Stiefel trug und nicht in einer vorderen Hosentasche, wo sie vielleicht versehentlich losgegangen wäre.

Sie beschnüffelte die Waffe. Er pflegte sie nicht gut – er hatte sie vielleicht noch nie geölt.

Sara nahm einen Waschlappen aus dem angrenzenden Bad und entfernte einen Bezug von einem der Bettkissen. Sie stopfte den Waschlappen in seinen Mund und band den Kissenbezug um seinen Kopf, sodass der Waschlappen fest in seinem Kiefer gehalten wurde.

Es gab zwei Nachttischlampen, also zog sie ihr Messer aus dem Oberschenkelholster und schnitt die Stromkabel von beiden ab. Mit einem fesselte sie seine Hände hinter dem Rücken. Mit dem anderen band sie seine Fußgelenke zusammen.

Er war immer noch bewusstlos, also ging sie zurück zur Tür, schloss sie ab und schob einen Stuhl unter den Türknauf, um ihn fest zu verkeilen.

Sie legte die komische Waffe in eine Nachttisch-Schublade und spülte die beiden Kugeln die Toilette hinunter. Ihr Messer steckte sie zurück in das Holster an ihrem Oberschenkel. Jeffs Messer behielt sie in der Hand.

Vom Bett kamen Grunzen, Stöhnen und Zappeln. Sara drehte sich zu Jeff um und zeigte ihm sein Balisong. Sie legte einen Finger an ihre Lippen und schüttelte langsam den Kopf – während sie das Messer hin und her drehte.

Hin und her.

Jeff verstummte.

Sie berührte einen ihrer Mikrofon-Ohrringe. „Update", sagte sie. „Wo sind sie?"

Jeffs Augenbrauen zogen sich zusammen, und er schüttelte verwirrt den Kopf.

Sara hatte einen Moment der Panik, als sie überlegte, ob die Schalldämmung... Endlich kam Masons Stimme in ihr Ohr. „Einer im Zimmer bei dir. Einer an der Haustür. Zwei auf der Terrasse. Kann nicht bestätigen, ob einer davon Warren ist."

„Warne mich, wenn einer in meine Richtung kommt oder wenn eine neue Person ankommt."

Jeff beobachtete sie. Er hörte zu. Sara sah, wie seine Augen immer größer wurden.

Sie nahm den zweiten Stuhl im Raum, zog ihn nah ans Bett und setzte sich. In bequemer Schnittdistanz zu Jeff. Das Messer kampfbereit.

„Also, Jeff, ich bin neugierig. Warum würde ein Mann, der geschickt mit Computern umgehen kann, für einen Mann wie Warren arbeiten – und für ihn lügen? Ist es nur wegen des Geldes?"

Jeffs Augen glitten weg.

„Nein. Das dachte ich mir."

Sie tippte mit dem Messer auf seine Brust.

Masons Stimme unterbrach sie. „Ein Range Rover nähert sich. Ich sehe einen Fahrer und jemanden auf dem Rücksitz. Einen Moment."

Sara wartete.

„Fährt in die Hausgarage. Das macht sechs von ihnen und eine von dir. Zeit, da rauszukommen."

36

"Fünf von ihnen", sagte Sara zu Mason. „Der hier ist für eine Weile außer Gefecht gesetzt."

Sie nahm eine der Tischlampen, die sie ruiniert hatte, und schlug Jeff damit seitlich auf den Kopf. Er sollte mindestens 30 Minuten bewusstlos sein. Dann zog sie seinen gefesselten und geknebelten Körper ins angrenzende Bad und schloss die Tür hinter ihm. Sein Balisong warf sie unters Bett.

Sara überprüfte sich im Spiegel. Sie rückte ihre blonde, voluminöse Perücke zurecht und tätschelte ihr Messer an ihrem Oberschenkel. Sie entfernte den Stuhl von der Türklinke, schloss die Tür auf und ging hinaus.

Sie betrat das Wohnzimmer, als Warren und ein anderer Mann ins Esszimmer kamen.

Warren blieb stehen. Sie auch.

„Na sowas", sagte er. „Sara Flores. Ich hab mich schon gefragt, ob du hierher kommen würdest."

„Ich dachte, es wäre Zeit, dass wir uns treffen, findest du nicht?"

„Absolut."

Warren wandte sich an den Mann neben ihm. „Steve, Planänderung. Geh zurück zum Auto. Ich bin in ein paar Minuten da."

Steve hob die Augenbrauen. Warrens Gesicht blieb regungslos. Nickend drehte Steve sich um und ging den Weg zurück.

Warren wartete, bis sein Fahrer weg war, dann nickte er dem MMA-Bodyguard, ihm zu folgen.

Sara lächelte. Nur Warren und der Muskelprotz waren jetzt mit ihr im Raum. Aber... wo war diese sechste Wärmesignatur?

Warren kam näher zu ihr. „Ich hatte so viele Fragen, die ich dir stellen wollte."

Saras Lächeln wurde breiter.

„Aber was spielt das schon für eine Rolle? Es ist längst überfällig, dass du tot bist."

Warren zog eine schwarze Automatik und schoss Sara mitten in die Brust.

Der Aufprall drückte sie zurück. Ihre Kniekehlen trafen auf die Kante des weißen Ledersofas und sie fiel darauf.

Verdammte Scheiße – das tut weh!

Warren kam näher. Etwa anderthalb Meter entfernt. Er richtete seine Waffe auf Saras Kopf.

Oh, verdammt nein! Wer weiß, ob ich das überleben kann?

Sara lehnte sich nach vorne, stieß sich vom Sofa ab, um mehr Kraft zu gewinnen, und flog direkt in Warrens Knie. Sie machten laute Knackgeräusche, als sie brachen. Es warf sie beide auf einen wunderschönen Maya-Teppich, aber Caddell rollte sich auf sie.

Ihr ganzer Körper schmerzte vor dem Bedürfnis – dem Zwang – sich in einen Wolf zu verwandeln. Sie unterdrückte dieses Bedürfnis mit aller Kraft und erlaubte nur ihrem linken Arm, sich in eine Pfote zu verwandeln.

Und Krallen.

Sara schlitzte mit ihren Krallen Warrens Halsschlagader auf, was einen heißen Blutschwall über sie ergoss. Er fiel von ihr herunter, gurgelte und presste seine Hände auf seinen Hals in einem verzweifelten Versuch, sein Leben zu retten.

„Idiot", sagte sie zu ihm. „Wenn du Lillian nur in Ruhe gelassen hättest..."

Muskelprotz! Sie drehte sich schnell um und fand ihn wie

erstarrt, drei Meter entfernt, starrend auf... Starrend auf ihre linke Pfote.

Er schreckte aus seiner Trance auf.

Sara griff nach dem Messer an ihrem Oberschenkel.

Muskelprotz zog seine Waffe.

Sara warf das Messer und tauchte ab – versuchte, hinter das Sofa zu kommen.

Muskelprotz drückte ab.

Das Messer bohrte sich in seine rechte Schulter.

Die Kugel streifte Sara, als sie abtauchte. Sie schrie auf. Der Drang in ihr, sich zu verwandeln, war jetzt fast überwältigend. Sie schrie, um ihn zurückzuhalten. Dann überlegte sie es sich anders.

Scheiß drauf. Er will es? Er kann es haben.

Sie schrie weiter, bis die Verwandlung ihre Stimmbänder abschaltete. Ihre Arme und Beine vollendeten ihre Umwandlung in Pfoten. Fell kräuselte sich und bedeckte ihren Körper. Ihre Nase und ihr Mund verließen ihr Gesicht und bewegten sich nach vorne. Weit nach vorne. Ihre menschlichen Zähne verlängerten sich, und ihr Zahnfleisch blutete, als 10 weitere Zähne durchbrachen. Schließlich war der schlimmste Schmerz von allen das Knacken ihrer Wirbelsäule, als sie ihre Form umkehrte.

Eine Minute nachdem es begonnen hatte, erhob sie sich hinter der Couch und stützte ihre Vorderpfoten darauf. Sie war 60 Kilo stinksaurer Wolf.

Sara hob ihre Oberlippe und knurrte Muskelprotz an.

Seine Augen waren riesig, das Weiße rundherum sichtbar. Er hatte seine Waffe in die linke Hand genommen, aber sie hing einfach nur da.

Mit der rechten schlug er das Kreuzzeichen über seiner Brust.

Sara öffnete ihr Maul.

Muskelprotz drehte sich um und rannte.

Hinter ihr ertönte ein Keuchen, und Sara drehte sich schnell um. Der MMA-Typ war ins Wohnzimmer zurückgekommen, zweifellos vom Schuss angelockt. Er war etwa viereinhalb Meter von ihr entfernt und kam schlitternd zum Stehen, als Sara auf ihn zusprang.

Erst als sie in der Luft war, fragte sie sich, ob sie ihn mit einem Sprung erreichen konnte.

Glücklicherweise...

Sie öffnete ihr Maul und zielte auf seinen Hals, aber seine Schulter blockierte einen tödlichen Biss, und der Schwung warf sie beide hart zu Boden. Sie öffnete ihr Maul, bekam einen besseren Griff an seinem Hals und biss dann fest zu – sein Rückgrat brach. Seine Zuckungen hörten sofort auf.

Sara war völlig mit heißem Blut bedeckt. Sie roch einen anderen Mann und riss ihren Kopf herum. Der Fahrer stand da, den Mund weit aufgerissen.

Sie rümpfte die Nase und zeigte ihre sehr blutigen, sehr langen Zähne. Knurrend. Der Fahrer hob die Hände und wich langsam aus dem Raum zurück. Eine Minute später hörte sie, wie ein Auto startete und wegfuhr.

Wo war diese sechste Wärmesignatur?

Sara tappte lautlos auf Wolfspfoten durch das Haus, ihre Krallen klickten leise auf den Marmorböden. Jeff lag noch immer dort, wo sie ihn zurückgelassen hatte – gefesselt in der Badewanne. Schließlich nahm sie den Geruch einer Frau wahr, der aus dem obersten Stockwerk hinter einer der Schlafzimmertüren drang.

In der Türklinke des Zimmers steckte ein Schlüssel – der einzige, den sie im ganzen Haus gesehen hatte. Sara stellte sich auf die Hinterpfoten, legte ihre Vorderpfotenballen um den Türknauf und versuchte, ihn zu drehen. Doch er ließ sich nicht bewegen.

Die Frau war eingesperrt. Das bedeutete, sie konnte unmöglich das Chaos im Wohnzimmer verursacht haben. Kein Risiko für sie von den Cops.

Es war Zeit zu gehen. Klüger, in ihrer jetzigen Form zu gehen, als dass eine Frau gesehen würde, wie sie aus diesem Schlachthaus läuft.

Sara ging zu einem der beiden Pooldecks im oberen Stockwerk. Sie vergewisserte sich, dass es Stufen und nicht nur eine Leiter gab, und tauchte ins Wasser, um das Blut abzuwaschen. Sie tappte die Stufen zum Pool hinauf und schüttelte sich kräftig, um ihr Fell zu trocknen.

Sie blickte in den Nachthimmel und winkte mit einer Pfote, um Mason zu beruhigen. Dann lief sie durch die offene Garagentür hinaus.

Ein braves Hündchen auf dem Heimweg nach einem kleinen Spaziergang.

37

Eine Woche später, um 20 Uhr, betrat Sara BK's Schießstand. Er war jetzt seit über einer Woche geschlossen gewesen, aber Lillian plante, ihn am nächsten Morgen wieder zu eröffnen.

Weingläser, Sekt und ein Teller voller Roastbeef-Sandwiches waren auf dem großen Glastresen verteilt, an dem die Schützen normalerweise bezahlten. Der Rest des Warteraums war mit kleinen Sofas, einer Menge Stühlen und drei Couchtischen ausgestattet.

Mason war bereits da, die Füße auf einem der Tische, und unterhielt sich mit Judy Street – der Frau, die Wunder gewirkt hatte, um Lillians Küche so weit fertigzustellen, dass sie wieder einziehen konnte, während die Arbeiten weitergingen. Connor Rockwood war ebenfalls anwesend und wanderte umher, wobei er alles genau betrachtete.

Lillian hatte ein breites Grinsen im Gesicht, als sie den Korken einer französischen Champagnerflasche knallen ließ und allen einschenkte.

„Lasst uns anstoßen", sagte sie, als sich alle versammelten. „Darauf, dass niemand mehr versucht, mich umzubringen."

„Hört, hört", sagte Mason.

„Darauf trinke ich", sagte Judy.

„Und dir", sagte Lillian und nickte Sara zu, „danke ich für alles."

„Aber ich habe doch gar nicht..."

„Nein", unterbrach Lillian sie. „Du darfst nicht widersprechen. Das ist meine Party. Sag ›Gern geschehen‹, trink deinen Sekt und halt die Klappe."

Sara lächelte. „Gern geschehen."

Paws war auch da. Halb hinter einem Tresen versteckt. Starrte Sara an. Lillian bemerkte es und runzelte die Stirn.

„Ich weiß nicht, warum..." Lillian lächelte und nickte. „Ich schätze, jetzt weiß ich doch, warum sie so auf dich reagiert."

Sara lächelte den größten Teil des Abends. Sie hatte noch nie zuvor eine kleine Nachbesprechungsfeier gehabt. Sie beschloss, dass sie es mochte.

Sie wusste, dass sie sich in absehbarer Zeit von Detective Rodriguez fernhalten musste. Er war beunruhigt darüber, dass Caddell von einem wilden Hund getötet worden war, während er in einem mexikanischen Resort weilte. Sara wusste das, weil er persönlich den Pizzaboten befragt hatte, der zu Saras Haus gekommen war und Connor direkt zwei große Pizzen übergeben hatte, ungefähr zu der Zeit, als Caddell starb.

Rodriguez hatte auch Judy Street befragt. Judy erzählte ihm, dass sie sich ein paar Stunden vor der Ankunft des Pizzaboten mit Lillian im Haus getroffen und zum Abendessen geblieben war.

Lillian hatte Rodriguez erzählt, sie hätte in mein Zimmer geschaut, um zu sehen, ob ich Pizza wollte, aber ich hätte tief und fest geschlafen.

Sara schüttelte den Gedanken ab. *Es ist vorbei. Lillian ist in Sicherheit. Zeit, weiterzumachen.*

Sie drehte sich um und beobachtete, wie Judy mit den Männern flirtete. Judy war ein 55-jähriges Girlie-Girl mit glattem, aber zerzaustem grauen Haar, das ihr Gesicht umrahmte. Sie sah gut aus. Alle mochten sie – es sei denn, man war ein Bauunternehmer, der mit einem Projekt in Verzug war. Dann war sie der schlimmste Albtraum.

Sara sah zu, wie sie Mason neckte – und ihn an einem Punkt sogar zum Erröten brachte. Das brachte sie zum Grinsen. Mason plante, Judy einige Fernarbeitsjobs anzubieten – er hatte die Nase voll von all dem Verwaltungskram, den er für sie erledigt hatte.

Connor hielt sich in Lillians Nähe auf. Die beiden warfen sich immer wieder Blicke zu, wenn sie dachten, niemand würde es bemerken. Auch das brachte Sara zum Lächeln.

Gegen 22 Uhr fand sie sich im Gespräch mit Connor wieder. Es war ihr unangenehm gewesen, ihn in ihrem Haus zu haben, und noch unangenehmer war es ihr gewesen, sich Sorgen zu machen, er könnte bemerken, dass sie den größten Teil des Nachmittags und der Nacht, als Caddell starb, nicht im Haus war.

Sie nahm sich vor, noch einmal mit Lillian zu sprechen, um sicherzustellen, dass ihr Geheimnis gewahrt blieb. Falls sie und Connor es wirklich ernst meinten... Sara fiel es schwer, anderen zu vertrauen. Als Kind war das anders gewesen, doch ihre fünfjährige Ehe hatte sie gelehrt, misstrauisch zu sein.

Sie fragte Connor, ob er Vollzeit als Bodyguard arbeiten wolle. Er sagte, dass er darüber nachdenke, wieder gelegentlich zu arbeiten. Er wolle herausfinden, was er sonst noch machen wolle.

„Schließlich bin ich in meinen Vierzigern", log er. Aber 50 war doch nah genug dran, oder? „Ich werde nicht für immer so stark – oder so gutaussehend – sein."

Sara grinste. Dann bemerkte sie, wie Mason sie anstarrte und in Connors Richtung nickte. Sie verdrehte die Augen in Masons Richtung.

Connor hob fragend eine Augenbraue. Sara zögerte.

Ach, was soll's, dachte sie. *Du weißt, dass du es irgendwann tun wirst, also kannst du es auch gleich jetzt tun.*

„Ich würde dich vielleicht selbst für ein Training engagieren wollen."

„Was für eine Art von Training?"

„Ich würde gerne mehr über die Durchführung von Rettungsaktionen lernen. Erfahren, was du darüber weißt. Und... lernen, wie du im Kampf ausgebildet wurdest."

Connor neigte den Kopf zu ihr.

„Ich bin eine gute Schützin, ich bin stark und ich bin motiviert.

Aber ich habe nie Taktiken gelernt. Es würde mir bei meiner Arbeit als Privatdetektivin helfen."

Connor musterte sie. „Das ist eine Menge zu lernen. Vielleicht wäre einer dieser Selbstverteidigungskurse besser für dich geeignet."

„Nein, ich möchte viel mehr als das lernen. Lass es uns versuchen. Ich denke, du könntest sehr überrascht sein."

ENDE

ÜBER DIE AUTORIN

Hast du jemals mehr sein wollen als du selbst? Ich wollte das schon immer. Als Kind habe ich mir vorgestellt, ich würde in den Wolken mit einer Gruppe anderer Kinder leben. Wir würden herabschweben – denn wir konnten fliegen! – und Menschen in Not retten. Und wir würden ihre Peiniger ordentlich verprügeln.

Als ich älter wurde, war ich besessen von Verbrechen und Geheimnissen. Ich wollte wissen, wie man Verbrecher aufspüren und der Welt präsentieren konnte.

An dem Tag, an dem ich meinen Bürojob kündigte, wurden meine Träume wahr. Heute verbringe ich meine Tage damit, meine Figur Sara Flores einem kriminellen Mastermind nach dem anderen entgegenzuwerfen – nur um zu sehen, was sie drauf hat.

Und... ich habe geschummelt. Ich habe sie mehr sein lassen als sich selbst, indem ich sie zu einer Werwölfin gemacht habe – dem einzigen magischen Wesen in einer Welt, die ansonsten genauso ist wie unsere. Weil ich sehen wollte, was sie mit den Sinnen und der Stärke eines Wolfes anstellen kann. Und mit seiner Wildheit.

Also begleite mich zu Geschichten von skrupellosen Verbrechern, misstrauischen Cops und Saras kleiner Truppe von Außenseitern, die darum kämpfen, uns alle zu retten.